LOS AUSENTES

Arsenio G. Bernal

Los ausentes

Luna de Abajo

Oviedo

2025

«La mayoría de las cosas que importan
en nuestras vidas ocurren en nuestra ausencia»
(Salman RUSHDIE, *Hijos de la medianoche*)

«Mi padre ha vuelto a casa otra vez»
(Richard FORD, *Entre ellos*)

Luna de Abajo Narrativa
1.ª edición: mayo de 2025

EDITA: Luna de Abajo
Tels.: 984 20 17 71 / 654 29 29 46
lunadeabajo@hotmail.com
www.lunadeabajo.com

© DEL TEXTO: Arsenio G. Bernal
© DE LA EDICIÓN: Luna de Abajo

DISEÑO DE LA CUBIERTA: Sierra Graphics
DE LA EDICIÓN: Pandiella y Ocio

D. L.: AS 01350-2025
ISBN: 978-84-86375-81-2

A mis padres

ÍNDICE

Las de Donoso

Mi padre no era lector. Al menos no recuerdo haberlo visto leer de una forma regular, y mucho menos enfermiza, al modo en que yo lo vengo haciendo desde los años de la adolescencia. Quitando algunos periódicos y revistas, no me pareció que se atreviese a enfrentarse con la lectura de ningún libro, y eso que en casa existía una modesta biblioteca que había ido creciendo con los años gracias a mi particular empeñamiento. Se trataba de una biblioteca tan limitada como informal. Una vez leídos por mí, o tal vez abandonados a la mitad por tratarse de historias aburridas o incomprensibles —por entonces yo no encontraba diferencia alguna—, los libros terminaban por apilarse en una tosca librería de madera alojada como un mueble ruinoso en la tenue penumbra del pasillo. Allí se mantenían expectantes mientras acumulaban polvo y los bordes de sus páginas amarilleaban sin remedio, olvidados por todos, a pesar de que cada día pasábamos varias veces por delante todos los miembros de la familia.

Mientras el acopio de libros aumentaba a un ritmo bastante comedido, no parecía que creciera en paralelo el interés familiar por la lectura, al menos no por la lectura que yo decidía para mí y que con tanto tesón acumulaba. Nadie más que un servidor hojeaba las páginas de unos libros que, en no pocas ocasiones, ocultaba bajo la ropa al entrar en casa para no ser descubierto y no tener que dar engorrosas explicaciones acerca del dinero de mi asignación semanal, dinero gastado de una forma innoble a causa de una afición tan honorable como inútil para la vida.

El pasillo en forma de L fue testigo de la armonía familiar, que discurría a través de amplios silencios. Pocas cosas eran capaces de alterar el leve deslizamiento de los días. Cada uno de los miembros de la familia se comportaba como una suave sombra desfilando por delante de los anaqueles olvidados. Desde luego, no vi jamás a mi padre detenerse y curiosear en aquel rincón.

Ahora que han pasado tantos años —casi treinta—, solo logro recordarlo como una lejanía un tanto borrosa: la silueta siempre callada de mi progenitor, como una presencia cuya conformidad tranquilizadora se ajustaba a la perfección con el por entonces moroso paso del tiempo.

Una de las muchas tardes en las que no sabía qué hacer, recuerdo haberme pasado por la farmacia en la que trabajaba Jorgito. Le conocíamos cariñosamente por ese nombre desde los años de la secundaria, aunque el apelativo no se ajustaba a su fisonomía, la de un hombre que sobre todo destacaba por su altura y por una presencia más bien desgarbada. Al parecer, solo don Faustino, el farmacéutico, le llamaba por su nombre oficial, Jorge, tal vez porque una farmacia no era el lugar más apropiado —igual que en el caso, por ejemplo, de una notaría o de un banco— para ese tipo de tratamientos tan familiares y un tanto vulgares. Eso quedaba —supongo que así pensaría don Faustino— para los mozos que trabajaban en las tiendas de comestibles, para los bares de poca monta o las barberías. La primera vez que le escuché a don Faustino referirse a Jorgito como Jorge, me resultó tan extraño que me pareció que no se estaba refiriendo a él.

Intercambiamos algunas palabras de circunstancias una vez que despachó a la última de las señoras y la farmacia se quedó vacía. Después de un breve silencio, Jorgito se atrevió a preguntar:

—Oye, ¿tu padre se encuentra bien? —se conoce que durante la semana se pasó junto a mi madre para recoger alguna de las muchas medicinas que por entonces tenía que administrarse.

—¿Por qué lo dices? —pregunté con fingida sorpresa.

—Le vi bastante desmejorado, muy débil. Casi ni me miró, me pareció un hombre triste.

—Bueno, no está pasando por un buen momento, ¿sabes?

Aquel repentino interés por la salud de mi padre me desalentó. Al parecer, todo el mundo se había percatado de la acelerada decrepitud, imposible de ocultar. Se hacía evidente a la vista de cualquiera que se estaba muriendo. No es improbable que él fuera consciente de ello ante la notoria certeza de que no recuperaba las fuerzas perdidas, de que el aliento se le volvía más débil cada vez que se proponía dar un paseo, además de que su apetito no era el mismo al que tenía cuando estaba sano. Me pregunto de continuo si fuimos crueles al ocultarle su aciago destino. Los médicos, acostumbrados a este tipo de situaciones desagradables, permitieron que mi madre hiciese lo que considerara más oportuno. Tras consultarlo conmigo, decidimos, tal vez erróneamente, que papá necesitaba nuestro cariño más que la cruda realidad, sin querer ser conscientes de que un hombre enfermo sabe en todo momento que las cosas no andan bien, más aún cuando se presiente que la enfermedad que lo aqueja no tiene intención de remitir y le indica el camino directo a un destino fatal.

Algunas veces pasaba por la farmacia en la que trabajaba Jorgito, sin más intención que la de charlar un rato, para después terminar haciendo tiempo a que acabase su turno e irnos a prolongar la charla a algún bar.

La ocasión en la que se interesó por la salud de mi padre, a buen seguro terminó de madrugada, tomándonos alguna que otra cerveza de más, si bien fui yo quien no estaba por la labor de dar explicaciones sobre el particular.

—Ya nos veremos. Hasta otra —me despedí.

Fue aquel un tiempo imposible de olvidar para la familia. En lo que se refiere a mi padre, nadie más que él podía saber qué fue eso de vivir a duras penas con el dolor y la fatiga crónica, con la sensación de cargar con una pesada losa cada vez que cobraba conciencia de que amanecía, y que esa losa se iba haciendo cada vez más pesada, convencido de ser incapaz de deshacerse de ella a lo largo de la jornada. En esa condena cotidiana hallaría con triste resignación la confirmación de que le quedaban pocos meses de vida, sin que ni mi madre ni yo le diéramos pie a acabar de creérselo del todo. ¿Cómo pudimos actuar como si nada estuviera ocurriendo, tal que mi padre fuera a vivir aún treinta años más una vez superado ese desesperante achaque pasajero? Sin embargo, nos resultó demasiado fácil continuar viviendo como si tal cosa, esforzándonos en manifestar nuestro mejor talante, sin conceder a vecinos y amigos la menor sospecha de que una enfermedad mortal se había instalado en nuestra casa.

Al amanecer de una radiante mañana de agosto, casi como si supiera que por fin le resultaba imposible continuar cargando con la misma pesada losa de todos los días, mi padre murió.

Resulta curioso, o a mí me lo parece, cómo la contundencia de un acontecimiento puede permanecer tan nítido en el recuerdo. Después de tantos años, aún puedo ver la rectilínea definición de las sombras proyectadas sobre las aceras, así como el brillo casi doloroso a la vista de las hojas de los árboles, convertidas en escamas plateadas por efecto de los todavía poderosos rayos de sol del final del verano.

Volviendo a rememorar aquellas horas, caigo en la cuenta del brusco contraste de la luz solar, anuncio exultante de la vida, junto al enojoso retraimiento que sufrí, fruto sin duda de la confusión, así como de lo que significaba, en toda su dimensión, que las personas desaparecieran para siempre. Todo lo demás, es decir, lo relativo a las relaciones humanas en momentos tan decisivos en la vida, la vertiente social de la muerte, por decirlo así, terminaba por difuminarse con el paso del tiempo hasta convertirse en una sombra gris a la que no se presta la atención debida y de la que solo queda una vaga impresión que se aleja de modo irremediable.

Jorgito había asistido tanto al funeral como al entierro. Se lo agradecí, abatido bajo mi propia bruma, sin saber muy bien qué fue lo que me dijo; supongo que lo habitual en estos casos. No sé por qué razón se me apareció la adusta imagen de don Faustino dándole permiso para acudir junto al amigo en un día de tan crucial importancia.

—No te preocupes, Jorge, ve al funeral, que ya me encargo yo —parece que le dijo a Jorgito al saber que se trataba de mi padre, por desgracia uno de los más habituales frecuentadores de la farmacia, y de que yo era el antiguo compañero de estudios, el enigmático muchacho que de vez en cuando se pasaba por allí con ánimo de charlar un poco.

Confirmé después de aquello que Jorgito era de esa clase de tipos en quienes se podía confiar. A partir de aquel día buscamos con mayor frecuencia la oportunidad de encontrarnos y tomarnos unas cervezas juntos. En ningún caso manifestó interés alguno en sacar el asunto luctuoso de mi padre, de modo que en silencio comprendimos que él tenía razón en las sospechas que le provocaba el aspecto cada vez más decrépito de mi padre, y que yo lo sabía, pero el pudor y la tristeza me obligaban a dar continuas largas a quienes me preguntaban acerca de ese particular. Todo lo más, hacíamos esas tópicas afirmaciones relativas a la brevedad e incertidumbre de la existencia.

Los días que siguieron al entierro fueron los de la necesaria y dolorosa confirmación de que la familia había quedado amputada. La tristeza no se exteriorizaba de manera permanente ni ostensible. La vida continuaba para el resto —ese lugar común, la misma letanía escuchada una y otra vez—. Era esta una verdad incontrovertible, capaz de ocasionar desasosiego y hasta culpabilidad por seguir vivos, de modo que apenas éramos capaces de apreciar lo que no fuera una especie de niebla rodeando cualquier acontecimiento, incluso el más insignificante.

Pasados muchos años, me ha llegado a parecer un gesto inútil el hecho de que me atreviera en aquel momento a escribir unos poemas a propósito del inédito sentimiento que me provocó el hecho tan propiamente real que es la muerte. Fueron aquellos escarceos poéticos a buen seguro cursis y exuberantes de un todavía adolescente, por no decir infantil, sentimentalismo. Supongo que para escribir algo con la dignidad literaria suficiente, lo primero que se precisa es alejarse lo suficiente del motivo sobre el cual se escribe. Pero, ¿cómo hacerlo si de lo que se trataba era de la muerte de un ser querido, cómo tomar distancia cuando esa muerte había sido tan inmediata? Por lo tanto, ¿se tendría que escribir sobre cualquier aspecto de la vida cuando haya pasado el tiempo suficiente para que casi todo se encuentre deslavazado en la conciencia?

En aquellos días no supe, o tal vez no quise, considerar mis tristes versos de adolescente tardío como la inferencia literaria a partir del paso del tiempo, de la brevedad de la vida, los *memento mori* o los *carpe diem* que preferí dejar para las ocasiones en que los ventilaba entre simples gestos de resignación y los correspondientes tragos de cerveza junto a mi amigo Jorgito.

Olvidé aquellos versos de la misma manera con que se termina olvidando casi todo. Allí quedaba mi corazón aún joven, inmaduro, al que la vida había infringido su primer golpe. Hay que decir, no obstante, que a mi madre aquellos poemas le gustaron hasta el punto de que aún hoy insiste en recordármelo cada vez que encuentra la ocasión. En parte eso me reconfortaba, si bien desde entonces me acompañó la sensación de que la literatura debe ser tomada con cautela. Aunque el furor de la juventud crea estar hecha para los más nobles sentimientos y que cualquiera de estos últimos cabe con holgura dentro del arte de escribir, sin embargo, también es verdad que, por sí solos, los años jóvenes deberían de procurar ser modestos, y la literatura no siempre da lo que la juventud cree que le va a prometer. Pero la juventud no sabe casi nunca ni de modestia ni de cautela, lo que la convierte en tan previsible como merecedora de nuestra más paternal condescendencia.

Mi pecado venial apenas había consistido en dejar constancia de la emoción que me había provocado la ausencia de mi padre. Ni siquiera recuerdo ya en qué términos, aunque puedo intuirlos. Tan solo eso. Dejarlo por escrito con la presuntuosa intención de que estuviera en cierto modo a la altura de la trascendencia del acontecimiento. Casi estoy seguro de que no lo logré, por más empeño que creí ponerle, y a día de hoy me niego a releer lo que escribí entonces por no encontrarme con algo tan almibarado y prescindible que llegara sin esfuerzo a abochornarme.

Mucho antes de que llegara súbitamente la enfermedad, en su butaca de siempre, mi padre transmitía el lado más apacible de la existencia.

Ya dije que mi padre no era lector, de novelas al menos, de modo que aquella butaca solo se entendía como el centro de su mundo: se arrellanaba en ella como un gato doméstico y, así como actúan los gatos, se sumía en sus propias ensoñaciones dentro de un cálido y permanente duermevela. Se trataba en general de un hombre plácido, adaptado a la perfección a su tranquila rutina de jubilado, que complementaba con cortos paseos matinales que daba en solitario o acompañado por mi madre. Con la enfermedad, estos acabaron convirtiéndose en una tarea penosa que él mismo calificaba de insoportable y que lo hundían en esa clase de abatimiento que mueve incluso al derramamiento de lágrimas de impotencia.

Hasta que llegaron esos fatídicos días de indecible sufrimiento, yo había contemplado, con la indiferencia propia de lo que sucede sin que se perciban altibajos dignos de mención, los parsimoniosos gestos que hacía, entre los que se encontraba su concentración a la hora de hacer crucigramas mientras paladeaba, de vez en cuando, una copa de vino. A veces leía revistas, algún que otro periódico, pero nunca le vi —como ya advertí— adentrarse en la historia que pudiera ofrecerle un libro.

Manejaba en ocasiones un lapicero con apariencia de pluma estilográfica chapada en oro. Para trazar algo sobre el papel, mantenía una inclinación muy personal de la punta del lápiz. De ahí que apenas dejase marcadas cada una de las letras inscritas en las celdas del crucigrama. Incluso alguna vez tuve la oportunidad de verle hacer unos dibujos muy pequeños y con un inequívoco carácter infantil, sin mayores pretensiones, con los que tal vez abría los tímidos resquicios por los que asomaban sensaciones personales, el ámbito intransferible de su propia niñez.

Sin pretenderlo, un día encontré un libro en el que había dejado escrita su firma. En la mitad inferior de la página de cortesía se hallaba su trazo garrapateado, a buen seguro con su falsa pluma de oro que en realidad escondía un lapicero. Puede que, después de pensarlo detenidamente, viese aquel libro alguna vez reposando entre sus manos. Ha pasado tanto tiempo de aquello que tampoco es que esté muy seguro y, si acaso lo vi, tampoco es que yo le prestara al hecho demasiada atención, pese a tratarse de toda una hazaña: mi padre enfrascado en la lectura de uno de los pocos libros que había en casa.

De lo que sí estoy seguro es de que se trataba de una de las novelas de José Donoso.

Deduje que lo había leído, o al menos que lo había intentado, por la presencia singular de la firma. Los trazos ilegibles del nombre y los apellidos discurrían enlazados de un modo singular, diminutos pero gráciles, envueltos por el bucle final que los acogía en su interior, sin apariencia de haber sido dibujado por un gesto acuciante. Hasta para firmar se tomaba su tiempo, sin desentenderse, bajo ninguna circunstancia, de su ánimo templado.

El volumen aún reposa en las estanterías de la casa familiar. Formaba parte de una amplia colección de novelas que pretendía conciliar a los autores más relevantes del siglo xx, esa serie de libros que suele haber en todos los hogares de clase media, adquirida de una vez o por partes, con ánimo de dar cierto empaque cultural y decorativo a los salones, y que su imperturbable presencia de lomos hechos a medida garantizaba que el tiempo pasase por ellos como joyas que no debían ser tocadas. Por mi parte, fueron muy pocas las novelas de esta colección que leí, debido a que en cierto modo me intimidaba su formato tan exquisito; y desde luego, las de Donoso no se encontraban entre las seleccionadas para satisfacer mi hambre lectora.

Junto a *El obsceno pájaro de la noche*, la novela que supuestamente leyó mi padre, creo recordar que también se hallaba *Cuatro para Delfina*. A ninguna de las dos les presté la atención que a buen seguro merecían, y reconozco aquí que, a día de hoy, aún no he leído a José Donoso. Toda una declaración por mi parte, carente en todo caso tanto de cualquier asomo de culpabilidad como de jactanciosa indiferencia. Supongo que, a este respecto, la afición a la literatura debería de ser un ejercicio de puro placer que consiste no solo en hallarlo durante la feliz lectura, sino también en sus alrededores: al encontrarse de sopetón con determinados autores, como esperando tal vez ser alcanzados por algo así como un flechazo; y para que esto se produzca, conviene dejarse llevar por el propio instinto, por esa capacidad para conducirse por una intuición previamente modelada por lecturas practicadas de manera sistemática durante años.

Así que no puedo expresar opinión alguna sobre el notable escritor chileno, más allá de vincularlo con el «Boom» latinoamericano de los años sesenta y de lamentar, eso sí, el no haberlo incluido entre mis acuciantes lecturas. Qué hermoso hubiese sido haberle pedido a mi padre su propio parecer tras la lectura del libro. Sin embargo, este deseo resulta ya del todo inútil, ya no solo por la imposibilidad de volver atrás en el tiempo; también, y sobre todo, porque no creo honestamente que mi padre fuese capaz de forjarse una argumentada opinión sobre un libro así. Por lo poco que sé, *El obsceno pájaro de la noche* es la novela más compleja de cuantas escribiera su autor, y el tema que plantea está tan alejado en apariencia de la mentalidad de mi padre, que este no llegaría a expresar más allá de un «me gustó» o «me resultó aburrido» (lo que, por otra parte, no deja de ser pertinente para este y otros casos, además de que no creo que sea mucho más lo que un escritor se proponga despertar en los potenciales lectores: el mero interés de las historias contadas).

Junto a la firma, apareció también un signo dibujado a lápiz. Una simple cruz. Parecería como si la firma no le fuese suficiente para avalar que en efecto el libro había pasado por sus manos, de modo que se sirvió de aquel minúsculo signo ancestral, que en otro tiempo sirviera a quienes no sabían escribir y, por tanto, tampoco firmar, para atestiguar su paso por las páginas ya leídas.

Parecía evidente, por tanto, que la novela fundamental de Donoso se había detenido por un tiempo entre las manos morenas y armoniosas de mi padre. De modo que, algún tiempo antes de caer enfermo, aquellas páginas rugosas, amarillentas y de un olor rancio se habían desplegado ante sus ojos sin que nadie se hubiese percatado a ciencia cierta de semejante prodigio; y, lo que es peor, sin llegar a saber la razón verdadera de tal elección, así como la sensación final que había obtenido con su lectura.

Le conté esto mismo a Jorgito en una de nuestras citas en el bar, del que aún no he dicho que, además de ser un hombre alto, con los ojos grises y penetrantes, tal vez algo mordaces, era el mayor cinéfilo que yo haya conocido en mi vida, así como un gran experto en setas, a las que consideraba en pie de igualdad con las películas: lo mismo que aquellas exigen ser seleccionadas con detenimiento para no incurrir en fatales descuidos, estas merecen del mismo modo visionados cuidadosos que permitan encontrar historias relevantes, aunque, eso sí, según la personal predilección de Jorgito por cineastas oscuros de nuestro tiempo que fueran capaces de proponerle novedosos ángulos a la contemplación del arte y de la propia vida. Sin embargo, no sentía, para mi asombro, una especial afición por la lectura de obras de ficción, de modo que lo que para mí eran descubrimientos sensacionales en materia literaria, a Jorgito le dejaban por completo indiferente.

Aquel día noté además algo raro en su actitud. No paraba de moverse y de mirar el reloj, como si estuviera esperando a alguien.

—¿Y dices que aún no has leído el libro? —dijo distraído, sin interés y sin mirarme a los ojos, como queriendo ser solo amable.

—La verdad es que no.

—Pues no sé a qué estás esperando, tío.

Creo que pretendía algo así como explicarme que la lectura del libro de Donoso podría darme la clave de por qué mi padre había elegido aquella novela en concreto y no otra, cuando se levantó de un salto, con la mirada fija en dirección a la entrada del bar.

Se le dibujó en la cara una sonrisa obsequiosa.

—¡Aquí! —dijo en voz alta con el brazo levantado.

Me volví hacia donde lanzaba su indicación. Una mujer rubia se acercaba sorteando las mesas que encontraba a su paso y devolviéndole a Jorgito la misma obsequiosa sonrisa que recibió de él en la distancia. Caminaba a nuestro encuentro con paso firme, balanceando las caderas levemente dentro de unos tejanos ajustados de un azul desvaído.

—Es una tía estupenda —me anunció en un susurro justo antes de llegar a la mesa donde nos encontrábamos.

Se saludaron con un ligero beso en los labios. A continuación, ella se disculpó por su impuntualidad, achacándola a alguna circunstancia ineludible. Mientras se desprendía del bolso y del fular en forma de gasa que le rodeaba el cuello, Jorgito procedió a las presentaciones. Me levanté y le tendí la mano, pero ella se adelantó para darme dos besos en las mejillas. Se llamaba Loli y de aquel primer encuentro me percaté de dos cosas: era casi tan alta como Jorgito y el aroma que desprendía estaba a mitad de camino entre un perfume dulce y el familiar olor neutro del gel de ducha; me pareció que olía como a lavanda.

No era una mujer de belleza arrebatadora, pero contaba con esa presencia y disposición de ánimo que se reflejaba en la chispa de sus ojos marrones y en la permanente sonrisa que encandilaba sin proponérselo. Me pareció que era rubia teñida, y se buscaba los rizos con los dedos de vez en cuando.

—Quería que fuera una sorpresa —se justificó Jorgito mirándonos alternativamente. Por lo visto, pretendía que yo la conociera y disimuló haciéndome creer que aquella iba a ser una velada más de las nuestras hablando de nuestras banalidades.

Pese a que en el fondo me sentí incómodo por la presencia inesperada de la chica, no pude evitar sentir agradecimiento: que Jorgito me presentara a su novia me otorgaba la condición de su mejor amigo. Por lo demás, nunca le había visto en compañía de mujeres, y mucho menos con ese carácter exclusivo del emparejamiento, así que el hecho de que me presentara ante ella como su amigo, convertía a Loli en algo así como un amor consolidado. Parecía que la cosa iba en serio.

—Así que los dos tenéis las mismas aficiones… Algo me contó Jorge.

—Bueno, yo no sé tanto de cine —respondí, alzando el mentón en dirección a Jorgito y sin mirarla en ningún momento a los ojos.

Igual que don Faustino, Loli evitaba el diminutivo para referirse a él. No me resultó tan chocante en este caso, si bien me pregunté si emplearía algún que otro apelativo cariñoso cuando estuvieran juntos.

Aparte de aquella, pocas intervenciones más tuve durante la velada, lo que me permitió observar a conciencia a los novios. No sabría decir qué era, pero no acababa de ver que formasen una pareja que encajase del todo bien. Salvo por la similar altura, en lo demás me parecían distintos, e incluso hasta dispares. No me ofreció ninguna garantía verlos tan amartelados, acercando sus caras de continuo para rozarse las mejillas, incluso para obsequiarse con repetidos besos en los labios que me obligaban a desviar la mirada continuamente hacia mi vaso de cerveza.

Semejante demostración de amor por parte de ella ante un desconocido me desconcertaba, aunque no sabría decir por qué, más allá de sentirme apenas un elemento extraño. Aproveché la oportunidad, no obstante, para estudiar sus facciones, su perfil y el sentido de sus ademanes. En el fondo de sus ojos marrones brillaba un destello de color ocre que contribuía a realzar la expresividad de un rostro de configuración ovalada. Cuando se volvía hacia Jorgito y se encontraba con sus ojos, el gesto parecía concentrarse, pero no como quien se pone a pensar en algo sino como quien descubre la razón de su alegría. Los antebrazos, desnudos hasta el codo, permanecían sobre la mesa y me sugirieron una tersura blanquecina de tal pureza que no era capaz de dejar de mirarlos.

De vez en cuando tamborileaba con las uñas pintadas con un esmalte de color granate mientras mantenía asida una taza de café.

—Me marcho.

—¿Cómo que te marchas? ¿Por qué tan pronto? —dijo Loli.

—Vamos a divertirnos los tres —sugirió Jorgito.

—Eso, los tres.

—Os lo agradezco, pero me duele un poco la cabeza —me disculpé.

—Vas a dejarnos solos.

—Es lo que necesitáis, estar solos.

—¿Me vas a dejar a solas con este? —al decirlo, Loli miró una vez más a Jorgito y le pasó el brazo alrededor del cuello.

—Como quiera —accedió Jorgito—. ¿Nos vemos mañana?

—Nos vemos —le dije.

Me levanté y solo acerté a mover la cabeza en un gesto ridículo de despedida.

La noche se había puesto fría, así que me subí el cuello del abrigo mientras volvía de regreso a casa. Un aroma a lavanda, parecido al que desprendía la novia de Jorgito, me asaltó de repente al cruzarme con un grupo de viandantes. Tuve la impresión de que la vida se manifestaba así, como un cúmulo caótico de sensaciones y de encuentros fortuitos.

Por lo visto, Jorgito había encontrado la que parecía ser la más grata y profunda razón de ser que puede alcanzarse en la vida. Supuse que no encontraría el momento oportuno para agradecerle que me hubiera presentado a Loli, si bien en el fondo sabía que, aunque ese momento llegase, me haría el remolón para hacerlo. Mirado con perspectiva, hay cosas que es mejor mantenerlas en silencio. El silencio es como un cemento que fragua para siempre alrededor de los asuntos importantes de la vida, manteniéndolos enteros y a resguardo de la tentación de manosearlos y hacerles perder la compostura del momento.

Mientras escuchaba el sonido de mis pasos recorriendo la acera, me preguntaba con sorprendente ingenuidad si el discurrir de la noche se acortaría notablemente al calor de los arrumacos que se estarían prodigando en aquel momento. Desde luego no parecía un mal plan, no solo para pasar aquella noche, sino también la mañana y la noche siguientes, y así durante el tiempo que fuera preciso, como en las afueras del tiempo mismo. Recordé entonces que en el famoso cuadro de Brueghel titulado *El triunfo de la muerte* aparecen tendidos en una esquina, olvidándose del caos monumental, casi cósmico, que los rodea, dos amantes ajenos a todo salvo a ellos mismos. Él hace sonar una mandolina en una postura de arrobado retorcimiento, mientras ella le sostiene por detrás y sigue con atención en el libro de partituras los versos que su amado le dirige. Qué felicidad parecen sentir, incapaces de reparar en el esqueleto que aparece de repente fijando en ellos sus cuencas vacías, mientras tañe con su vihuela la fatídica melodía que anuncia lo que a los amantes, tarde o temprano, también les espera.

Fijados ahí mismo Jorgito y Loli; yo mismo, amparado bajo la luz mortecina de las farolas; incluso ese individuo que se apea de un taxi frente a mí y cruza la calle por un lugar indebido, jugándose el tipo, en dirección a un lugar enigmático; y mi padre después de leer, o de no hacerlo, la novela que creo que un día emprendió y que volvió a dejar en el lugar que ocupaba en el estante. Todos juntos, apretados en esa misma esquina del cuadro de Brueghel, olvidados por el momento del violento caos que nos espera para aplastarnos algún día.

A la mañana siguiente quise salir de casa temprano. El sol había amanecido con todo su esplendor, a pesar de las previsiones meteorológicas que anunciaban un día gris y desapacible. Antes de salir por la puerta, mi madre me pidió que le hiciese el favor de traer algunas cosas que echaba en falta en la cocina. Como si se tratase de un enigma inconfesable, me deslizó una pequeña lista con lo que necesitaba y que no me sería difícil encontrar. En agradecimiento por mi disponibilidad, quiso besarme en la frente a pesar de que era algo que yo odiaba, y la detuve. Preferí ser yo mismo quien la besase en la mejilla. Me sonrió.

Mis paseos terminaban indefectiblemente en la misma librería. Me acercaba solo para curiosear entre los libros recién publicados. Pasaba mis dedos por las cubiertas de brillantes diseños relucientes. Una irresistible sensación de admiración y envidia era la que me provocaban los escritores de todas aquellas historias que a buen seguro no leería nunca, y me preguntaba si tanto esfuerzo empleado merecía un destino tan fugaz, tan imprevisible. Asociaba entonces, no podía no hacerlo, las palabras con el silencio: muchas de aquellas historias estaban de antemano condenadas al olvido. Sabía además que no iba a comprar ninguno de aquellos libros colocados con esmero en las mesas repletas de novedades. Es por eso por lo que me paseaba entre ellas con cara de felicidad maltrecha.

Antes de abandonar el lugar que consideraba lo más parecido al paraíso, me encaminé a los estantes de poesía para leer los nombres de los poetas de todos los tiempos, impresos sobre los lomos alineados. He de reconocer que entre los libros de poesía la felicidad se transformaba en asombro ante mi incapacidad para comprender el sentido con el que los poetas reflejaban su vida escribiendo versos. Finalmente, me acerqué hasta la sección de autores clásicos y me sorprendía una vez más al encontrarme con los mismos nombres colocados en los mismos lugares de siempre, como esfinges custodiando una especie de inefable conocimiento.

Al contrario que en la librería, la permanencia en el supermercado se limitaba a lo imprescindible. Nadie se detenía más de lo necesario frente a los estantes que rebosaban de existencias. En mi caso, me llevaba más tiempo orientarme para reconocer dónde se hallaban las cosas, que elegir la mejor opción de entre lo que estaba escrito en la lista. Me pregunté para qué se utilizaría el apio y por qué lo quería mi madre, cuáles serían sus beneficios para el cuerpo, así como su modo de elaboración. No me constaba haberlo probado nunca y terminó por decepcionarme su aspecto al encontrarlo entre las demás verduras, con una apariencia vulgar y hasta decaída, cuya languidez no invitaba a añadirlo a la cesta de la compra.

Encontré enseguida los yogures de sabor natural. Después escogí cinco o seis manzanas. Eso era todo.

Al girar hacia uno de los pasillos, creí ver a Loli a lo lejos. El mismo pelo teñido de un rubio que en esta ocasión me pareció dotado de ciertos matices de color canela; vestía idénticos tejanos de un azul desvaído y el pañuelo en forma de gasa alrededor del cuello. Los segundos que siguieron mientras permanecí parado como un palo sirvieron para calibrar la situación y convencerme sin argumentos que lo mejor era permanecer al margen. Decidí, por tanto, volver sobre mis pasos y evitar tener que saludarla, si bien estaba convencido de que, aunque me viera, no me reconocería. Me ha pasado en numerosas ocasiones no ser visto por alguien que me conocía ni aun estando delante, como si fuese transparente, menos aún que una sombra o una fugaz ráfaga que tan rápido como llega, se va. Lo que no impidió que terminara la compra a toda velocidad y saliese pitando del supermercado.

En casa reinaba el silencio de siempre, si bien lo notaba distinto. Al final, mi madre se había visto obligada a salir a la calle para realizar una gestión, de modo que me quedé solo. Dejé la compra sobre la mesa de la cocina y entré en el salón, que se mostraba sombrío a pesar de que el sol entraba por las ventanas. El sofá en el que se sentaba mi padre parecía estar invitándome a que me acercara; casi ejercía sobre mí una atracción a la que me era muy difícil resistirme.

Por fin hice lo que no me había atrevido a hacer en vida de mi padre: me senté en su sillón favorito con una ligera inquietud que, para mi sorpresa, fue transformándose en un sosiego desconcertante. Incluso me retrepé mientras lanzaba un largo suspiro. En un último alarde de audacia, estiré las piernas y las coloqué con despreocupación sobre la mesa. Desde esa posición, con la cabeza levantada, contemplaba a través de una de las ventanas el último piso del edificio de enfrente; por encima de la cornisa que lo remataba, un luminoso cielo azul invitaba a refugiarse en el fondo de una blanda ensoñación.

Pasado un tiempo que a mi adormecida conciencia le pareció prudencial, pero indeterminado, sentí que me asían una de las perneras del pantalón y me zarandeaban todo el cuerpo desde abajo hacia arriba. Al abrir los ojos reconocí a mi madre con gesto contrariado.

—Sabes que no me gusta verte con los pies ahí encima.

Debí de poner ojos de susto.

—¿Ya estás aquí?

—Aquí estoy de nuevo. ¿Trajiste lo que te mandé?

—Todo. Ahí lo tienes —señalé por detrás de mí en dirección a la cocina.

Como agradecimiento, me revolvió el pelo en un gesto habitual en ella desde que era niño.

Hasta la hora de comer, decidí encerrarme en mi cuarto para enfrascarme en la lectura. Mientras leía, a veces subrayaba alguna frase que me llamaba la atención y tal vez me hacía sonreír, y que siempre estaba en disposición de remover algún sentimiento impreciso dentro de mí; hasta incluso podía llegar a tomar notas si lo que acababa de leer me resultaba relevante por algún detalle en particular, aunque en realidad no respondía a otra cosa que la de encontrar una disculpa para entregarme a una tímida, y casi siempre petulante, tentativa de escritura que nunca terminaba de fructificar del todo. Así como leer se convertía en un ejercicio diario del que no podía prescindir, la escritura me parecía una tarea realmente penosa para la que no disponía de la paciencia y la disciplina que esta exige.

Aunque no recuerdo qué fue lo que leí en aquella ocasión, sí que apunté una frase breve que no sirvió para otra cosa que para poder recordarla con facilidad a pesar del tiempo transcurrido: «La soledad genera fantasías». Se manifestaba como una evidencia que no necesitaba de mayores explicaciones. No pude evitar pensar en mi madre. Cargaba con la amarga soledad a la que no tenía más remedio que acostumbrarse contra la ingrata perseverancia de la rutina diaria, destinada a recordarle su novedosa condición de viuda, de joven mujer desolada. En mi caso, la soledad me constituía como la madera constituye la esencia de una mesa, de un armario o de la librería del fondo del pasillo. Casi me satisfacía esta condición esencial de hombre solitario, capaz de aburrirme, de hastiarme de mí mismo, de mi propio mundo, hasta llegar a un fondo que daba muestras de carecer de fondo. Las fantasías, por el contrario, no era capaz de vislumbrarlas, por mucha soledad de la que dispusiera. Por eso tal vez apunté la frase en un cuaderno de tapas marrones y papel en cuadrícula, de modo que me permitiera observarla en perspectiva, como un aliciente, como quien estudia la composición anatómica de un insecto.

En el cuaderno aparecía un sinfín de frases más que con el tiempo se convirtieron en un rastro incomprensible, de las que solo se me antojaba sospechar que fueron otras tantas ideas salidas de lecturas heterogéneas:

Un cofre acristalado y muy brillante.
Un grato mirador frente al mar.

*La fragilidad intrínseca y malévola del adolescente...
además de su infierno.*

Lecho improvisado para el amor furtivo.

El masaje cotidiano del asfalto.

Esa jaula que mantiene a raya a la fiera.

Una revolución definitivamente triunfante.

Ese brillo que sin remedio se aleja.

El esfuerzo de custodiar la propia intimidad en público.

La única posibilidad del pobre de parecer rico.

*Cuando en el paseo no nos percatamos de llevar un
bolsillo por fuera.*

*Un hogar que se mide en oxígeno, y otros gases, por
centímetro cúbico, etc.*

Escribiendo así, un poco al azar, me percataba de las inmensas posibilidades que la realidad despliega ante nuestros ojos. Las frases se mostraban como simples títulos, delimitaciones en casi todos los casos absurdas, pero que el lenguaje era capaz de hacer posible. Si bien solo se hacían realidad dentro del reino totalizador del propio lenguaje; las palabras sirviendo de engranaje y, al mismo tiempo y de forma misteriosa, eran la misma realidad transmutada, recreada. En esa transmutación habitaba solo un leve reflejo, es decir, la misma fantasía en la que me resultaba tan difícil ingresar, quedándome a las puertas. La larga lista de frases con las que en su día rellené el cuaderno, una detrás de otra, así lo atestiguaba.

«La soledad genera fantasías»; al menos genera frases que se quedan en otras tantas posibilidades sin ocasión de ser completadas en forma de historias coherentes y plenas.

A fin de cuentas, pensé, un libro no sería otra cosa que una más de esas frases, articulada y expresada a través de lo que concebimos como lo real, pero sin acabar de serlo del todo. Imaginaba que *El obsceno pájaro de la noche* anticipaba esa larga conjunción de frases contenida en las páginas que el título anuncia y que pocas veces se ajusta del todo a la articulación posterior que conduce indefectiblemente hasta el punto final del libro.

Mi padre se encontró con aquel título enigmático y emprendió a continuación la lectura de la historia que anunciaba. Algo inexplicable irrumpió en su interior. En este caso, la fantasía urdida por José Donoso provocó el interés de mi padre, hasta el punto de dedicarle horas de su intransferible rutina, y sin que yo me percatase en ningún momento de un acontecimiento así. El título había sido la primera impresión, el pórtico a través del cual se le invitó a acceder a todo lo demás.

Que la literatura es un mundo extravagante le quedaría claro a mi padre con esa frase concebida en apariencia como una metáfora de significado enigmático, como todas las metáforas. ¿Era la noche un pájaro obsceno? ¿En qué medida lo era y qué tenía que ver la obscenidad en todo ello? O bien: ¿no se trataba quizás de indagar en un fenómeno que había tenido lugar durante la noche, solo eso, y que le habría permitido al autor escribir centenares de páginas explicándolo? ¿Por qué, si la historia no se parece al título que la anuncia, hay quien se empeña en urdir una y otra vez relaciones entre palabras que poco tienen que ver entre sí?

Habría sido interesante escribir una historia sobre todo esto, pero hacerlo con las ideas un poco claras y siguiendo el hilo de la historia paso a paso, sin divagaciones.

Pasadas dos semanas, recibí una llamada de Jorgito. El teléfono, como siempre, era asunto exclusivo de mi madre, que era quien recibía todas las llamadas, salvo las de quienes se confundían al teclear cambiando un número por otro. Escuché su voz desde el recodo del pasillo avisándome de que era Jorgito quien llamaba. La encontré de pie, con el codo doblado, apoyado el auricular sobre el hombro para silenciar el aparato.

—Dime.

—¿Cómo estás?

—Hola.

—Este, sería bueno que quedásemos esta tarde. Necesito contarte algo importante.

Aparte de no poder ver a tu interlocutor, los teléfonos me ponen nervioso por la imperiosa necesidad de afinar la concentración. No solo se hace necesario identificar el tono de la voz y reconocerlo como parte de la persona que la emite, sino que además conviene advertir en la cadencia de la emisión el ánimo y las pretensiones de quien se encuentra en el otro extremo de la línea.

—Estaré en la puerta de la farmacia. Como siempre.

—Si puedes, ven un poco antes —anunció—. Don Faustino se ha apiadado de mí en esta ocasión.

—¿En esta ocasión? Pero si aún no se ha inventado un jefe como don Faustino. Tienes una suerte bárbara.

Esta vez Jorgito no replicó, como hacía otras veces cada vez que le lanzaba una provocación. Por toda respuesta escuché un silencio que parecía la larga antesala que conducía a una presencia carente de ánimo. Creí por momentos que había colgado o que no se le escuchaba porque había desaparecido en el interior de una insondable neblina de origen incierto.

—¿Hola?

—Nos vemos sin falta. Necesito contarte —había colgado, ahora sí, antes de que pudiera despedirme.

Flotaron en el aire esas dos últimas palabras. Las había pronunciado en dos ocasiones, lo que significaba que la emoción rebosaba por encima del significado mismo: necesitaba decirme algo, parecía imperioso y sonaba como quien precisa desahogarse, lo que me llevó a pensar en alguna calamidad, incluso, por qué no, en la sombra maléfica de la tragedia.

La inquietud que había mostrado en otras ocasiones, no demasiadas, jamás la había insinuado por teléfono. En la mayoría de los casos eran tonterías que siempre tenían que ver con el cine, su gran pasión: algún estreno que esperaba con un entusiasmo enfermizo, la revisión de un clásico visionado por televisión y necesitado de su correspondiente glosa en público, ese afiche casi imposible de encontrar por su rareza y que estaba a punto de formar parte de su completa colección de todo tipo de pertrechos relacionados con el séptimo arte. Sin embargo, no era difícil reconocer en esa ansiedad su propio espíritu expansivo, junto a la necesidad de hacerme partícipe de una ilusión que sinceramente le embriagaba.

Por el contrario, había un decaimiento del todo nuevo en esa llamada apremiante.

Me acerqué hasta la farmacia media hora antes del momento en que acostumbraba a salir. Fue extraño hallarlo antes de tiempo sentado en un banco, cabizbajo; tal vez comía una chocolatina, cuyo envoltorio gimió al ser arrugado dentro del puño. Ni siquiera me vio llegar.

Aquella parecía la escena de una de esas películas existencialistas a la que había concedido tantas horas de visionado en un reproductor obsoleto de cintas en VHS.

—Vaya si te has adelantado. Ese don Faustino va a tener que descontarte una buena cantidad este mes.

—Tienes razón. Ni mil años que viviera encontraría un jefe como don Faustino.

Habló en un tono que me pareció desconcertante, arrastrando las palabras casi sin articular. Desde la acera de enfrente alguien levantó la mano con la intención de saludarnos, aunque desconocía quién era. A buen seguro el saludo iba dirigido a Jorgito que, sin embargo, permanecía cabizbajo.

—Ha ocurrido algo terrible, devastador —soltó como una bomba, justo después de advertirle de que el individuo en cuestión se alejaba, aunque lo hacía mirando de continuo hacia atrás, esperando un saludo de su parte. Parecía como si el hombre no estuviese del todo conforme hasta que Jorgito se dignase a responder a su saludo.

Su última frase había perdido en última instancia su dramatismo inicial y solo era un eco resonando en mis oídos, sin estar seguro de querer adivinar su auténtico sentido.

—¿No te parece estar viviendo la escena de una de esas pelis que a ti tanto te gustan? —le dije.

—Al menos si de verdad fuera una película «de esas», como tú dices, sería capaz de vivirla con placer. Ahora más que nunca estoy convencido de que, para sobrevivir, se precisa convertirlo todo en ficción. Deberíamos vivir rodeados de ficción.

—¿Acaso las vidas son otra cosa? A veces pienso que no son otra cosa que películas en treinta y cinco milímetros, o sencillos documentos familiares en super ocho, o simples novelas con una trama imprecisa y torpe.

—Torpe —repitió.

—Sí, torpe.

—Torpe porque no hay un guion que seguir. Todo viene así, de golpe, sin advertencias previas, sin avisos, de golpe, plaf —hizo chocar una mano contra otra.

Por fin se estiró en el banco y me miró. Un brillo triste amaneció en sus ojos grises para acompañar a ese otro brillo audaz del erudito a quien le gusta ejemplificar los argumentos con aquello que ama.

—Algo así como el rodaje de «Casablanca», una de las películas más geniales de la historia, y una de las más caóticas en su planificación, cuyo guion se reescribía de continuo durante el rodaje. Así mismo estamos en la vida, ¿no crees?: de acá para allá, sabiendo lo que nos espera al final, pero dando vueltas y más vueltas sin conocer a ciencia cierta el recorrido en cuestión.

—¿No la protagonizó Ingrid Bergman?

—Sí, la que confesó que no sabía de qué hombre tenía que enamorarse su personaje, Ilsa Lund. Tal era el secretismo, que ni los actores conocían el desenvolvimiento de la historia —carraspeó.

—Vaya, eso sí que es indecisión.

—Salvo que ya hubiese decidido de antemano. Pero ese no es el asunto.

—¿Cuál es el asunto?

—La queja de Ingrid. ¿Por qué cojones tenemos que creer que todas las actrices, y más si son guapas, han de ser estúpidas? Ingrid Bergman no lo era, y acaso fue la única de todo el elenco que componía la película que sabía cuál era el final. Además del director, claro está, y del guionista, por supuesto; bueno, en realidad tuvo cuatro guionistas, tres si consideramos como uno solo a los gemelos Epstein.

Jorgito había empezado a animarse hasta el punto de que apenas existía rastro de su inicial ensimismamiento. En la acera de enfrente, el individuo que acababa de saludar volvió sobre sus pasos. En un momento dado se dispuso a cruzar la calle.

—Creo que viene a decirnos algo —advertí que Jorgito no sabía de qué le hablaba.

Daba la impresión de que el hombre cojeaba ligeramente, de modo que su movimiento renqueante le concedía el aspecto de ser más viejo de lo que aparentaba en realidad. Se plantó delante de nosotros.

—Jorge, acabo de recordar que la cibalgina que os pedí la semana pasada...

—No se preocupe, ya llegó.

—Ah, eso, muy bien. El caso es que no voy a poder pasarme por la farmacia en un par de días.

—Cuando pueda.

Dio media vuelta, no sin antes despedirse con el mismo gesto de la mano que había hecho antes.

—Y digo yo, si tiene la farmacia aquí mismo, ¿por qué no ha aprovechado para entrar ahora si es que no va a poderlo hacer? —le dije a Jorgito en voz baja.

—Acaso solo buscaba un pretexto para hablar con nosotros. En cualquier caso, es un tipo raro. Hace y dice cosas imprevisibles. Más o menos en la línea de lo que te estaba diciendo.

—¿Cibalgina?

—Son supositorios que contienen propifenazona, un alcaloide derivado del opio —explicó.

—Los mejores productos para una vida mejor gracias a la química —apostillé.

—¿Cómo?

—Si quieres lo puedes adoptar como eslogan de la farmacia. Todo es proponérselo a don Faustino.

—No estoy ahora mismo para eslóganes.

—En realidad se trata de la frase que abre una de las partes en que se divide una novela norteamericana de 1997 cuyo título no recuerdo ahora mismo, aunque lo tengo en la punta de la lengua.

—En otras palabras, uno de esos libros insufribles a los que eres tan aficionado y que ni siquiera tú soportas, pero que acabas leyendo con gran esfuerzo, con la única intención de hacérmelo saber, dándotelas de excelente lector, ¿no es eso?

—Puede que tengas razón —admití.

Miré al hombre alejarse en dirección contraria a la que llevaba cuando lo vi por primera vez. Mientras volvía a cruzar para incorporarse a la otra acera, llegué a la conclusión de que no debía de ser tan joven.

—A fin de cuentas, ser un tipo raro consiste en hacer lo que te apetece en todo momento, ¿no?

—Tal vez. Lo que sí te digo es que en la farmacia nos tiene mareados con sus quiero y no puedo, sus puntualizaciones absurdas sin saber de medicina, la arbitrariedad constante, de la que ahora has tenido una prueba. Un excéntrico, en definitiva. En cierto modo, hasta le tengo aprecio.

—De hecho, ¿te has fijado que se ha marchado hacia allá? —indiqué con el dedo—. Justo al revés de por donde venía hace un rato.

—Se habrá olvidado de algo. Aunque prefiero pensar que dispone del privilegio de hacer lo que le venga en gana. Tiene edad para ello, si bien una actitud así no es cuestión de edad, sino de contar sobre todo con la disposición adecuada, que es algo con lo que no cuenta todo el mundo.

No dejé caer en saco roto que Jorgito no estuviera en aquel momento para eslóganes. Lo que significaba en realidad que no estaba para bromas, para «mis» bromas.

—Oye, ¿a ti qué es lo que te pasa? No te he visto así nunca.

—¿Así, cómo?

—Así, tan devastado, tan sarcástico —dije—. En realidad, ¿para qué me has llamado?

No quiso abordar sus sentimientos directamente. Por fin nos levantamos en dirección a cualquier lugar, que era como decir a ningún sitio en particular, o tanto como pretender prolongar la tarde cuando no se tiene a dónde ir. Mientras caminábamos sin rumbo, volvió a mostrarse cabizbajo. Un silencio desesperanzado creció entre ambos, lo que me hizo imaginármelo como queriendo echarse a llorar, pero o bien se contenía o lloraba de un modo imperceptible, hacia dentro.

—No sabía de cuál de ellos enamorarse.

—¿A qué te refieres?

—A Ingrid Bergman en «Casablanca», no a Ilsa Lund. No es lo mismo la ficción que la realidad, aunque se parecen tanto que a veces resulta inquietante. Ilsa Lund sí que lo sabía, sabía cuál era el hombre con el que iba a quedarse porque seguía los designios de su corazón. No así Ingrid, la actriz de carne y hueso que encarnaba el papel y que no podía hacer otra cosa que girar como un satélite alrededor de la historia; por eso no sabía a qué atenerse si no aparecía ese designio en el guion. Qué paradoja. Allí donde está el personaje se halla la realidad, y no al revés.

—Resulta difícil seguirte.

Desde Ingrid Bergman e Ilsa Lund la conversación terminó discurriendo hacia su cauce natural: el sufrimiento, a veces insoportable, que anida en la realidad, casi como si configurase su misma naturaleza. Era evidente que Jorgito estaba dolido. Lo anunciaba su críptico discurso y la locuacidad de la que hacía gala, así como el brillo triste que reptó de nuevo como una pequeña sabandija desde su melancólico corazón hasta sus ojos.

A esa hora, además, el sol se oscurecía y dejaba las calles en penumbra. Parecía como si la noche quisiera adelantarse. Había algunos charcos, o lo que quedaba de ellos, con agua que no era de lluvia sino procedente de los camiones municipales destinados a limpiar el asfalto. En el fondo de esa poca agua estancada se quebraba el reflejo de los edificios y de las primeras luces melancólicas de las farolas cada vez que la alcanzaban los neumáticos de los coches. Era el fin de la jornada laboral, reconocible porque las tardes se tornan veloces y susurrantes.

—Lo más acertado es impedir caer en un modo de vida realista —explicó—, si bien estamos condenados a vivir de este modo. Ojalá pudiéramos estar siempre en la superficie de las cosas, jugando como juegan los niños, pero sin la implicación abusiva en la que ellos caen. Eso exige un constante estado de alerta para no dejarse arrastrar por el potente imán de creer que nos va la vida en todo lo que hacemos. No es así. De ningún modo, claro que no. La lección la tenemos constantemente en la caducidad, la temporalidad que nos rodea. Alcanzar esa especie de inconsciencia pánfila con la que se caracterizaba a los locos, a los enajenados, en las películas de antes; pero las de antes, eh, no en las de ahora, en las que se aprovecha cualquier oportunidad para presentar a un loco vociferando todo el día como si en realidad se tratase de un poseído.

—De verdad que me preocupa lo que dices.

—Mira, es una evidencia que todo el mundo en algún momento de su vida sufre. ¿Te queda claro? Es tan notorio como que existe la gravedad. Y qué mejor cosa para no sufrir que aparentar de continuo, perder el miedo a la vergüenza aprendida, al propio miedo.

—Hablas como el príncipe Siddhartha, o como un estoico.

—¿A qué tenemos miedo? Tal vez sería mejor preguntar: ¿el miedo por qué?

—Eso, ¿por qué tener miedo? —dije.

—¿Por qué tener miedo si se es capaz de no darse por aludido?

—A ver quién es el guapo que alcanza ese estado de no darse por aludidos, como dices. Eso tal vez sea lo propio de los locos, de meros irresponsables, requiere cierto grado de insensibilidad, ¿no crees? Tal vez lo logre el tipo de la ci... como se llame.

—Cibalgina.

—Eso. El que se volvió en mitad del trayecto porque sí y regresó en dirección opuesta, también porque sí.

—En el fondo no nos consta —dijo—, pero intuimos que debe haber personas así, gente irresponsable, como tú la llamas, sin criterio para hacer o deshacer, felices después de todo puesto que son incapaces de implicarse, no se identifican con el juego que no merece ser elevado a una categoría de mayor trascendencia.

La conversación había alcanzado una densidad que impedía estar al tanto de hacia dónde nos conducían las piernas. Estas actuaban de un modo en apariencia arbitrario, si bien nos condujeron con precisión a la cervecería de siempre. El ruido ambiente en el interior era lo suficientemente intenso como para impedir que Jorgito descendiese por la resbaladiza pendiente de la melancolía. Desde la barra, el camarero advirtió el halo de impotencia que nos cubría, de modo que se esforzó en servirnos con rapidez y en mostrar su versión más servicial.

—Amo a Loli, amigo —confesó—. La amo tanto que me duele.

Me mantuve en silencio. Cualquier cosa que hubiera dicho a continuación necesariamente habría sonado a contrapunto ridículo.

—Aunque lo sospechaba, nunca creí que el amor pudiera hacer sufrir de esta manera. ¿Lo habías pensado alguna vez? Yo, desde luego no. En absoluto se trata de un dolor que pueda ubicarse en un lugar concreto del cuerpo, en el costado, en la tráquea, o ardiendo en el interior del abdomen; es el cuerpo entero el que duele, amigo, pesa como un fardo, te sientes como amordazado por gruesas cadenas. Hace dos días Loli me sorprendió con el dilema, a ver si te suena, de no saber a qué hombre amar. Sí, eso es, no pongas esa cara. También ella, como Ingrid Bergman. Hace tan solo dos días, y me parece que ha pasado un siglo. ¿Pero quién puede creerse algo así? En realidad, sí sabía a quién amar, y lo peor es que yo también lo sabía, y me entró un miedo ridículo pero desconcertante. ¿Te das cuenta ahora? ¿Por qué el miedo? ¿Para qué? En realidad, se me estaba abriendo una herida enorme y purulenta porque yo sabía que ella había elegido ya, y además lo había hecho hacía tiempo. No he dejado de preguntarme desde cuándo había dejado de amarme, desde cuándo decidió desecharme.

—¿Te ha dejado? —dije pánfilamente.

—Sí.

Pedimos a continuación varias cervezas. El camarero se acercó con aire soñador, dispuesto a intentar alegrarnos la velada. Nos sugería deliciosas variedades de cerveza rubia de trigo y cebada, tostadas con ligeros matices pálidos, variedades todas de pilsener de diferentes graduaciones alcohólicas, sin dejar de lado las compactas de color negro con la espuma cremosa que se adhería a la piel como restos de algas a modo de grácil bigote.

—La borrachera es la forma más a mano de cauterizar el dolor. No en vano todo el mundo dice «ahogar las penas en alcohol».

—Como sigamos a este ritmo, no cabe duda de que terminaremos ahogando mucho más que las penas.

Jorgito puso cara de no importarle hasta dónde pudiéramos llegar.

Para hablar, se volcaba hacia adelante, apoyando los antebrazos sobre la mesa. Necesitaba elevar la voz para hacerse entender, toda vez que el ruido había crecido a medida que se llenaba el local. A veces se nos enredaban las palabras en mitad de la lengua por efecto del alcohol y del falso entusiasmo impostado.

Podía asegurar que, en esos momentos, Jorgito era el centro de operaciones de una vorágine que era incapaz de alejar de sí, de tal modo que regresaba una y otra vez hasta el campo de batalla que habitaba a la altura de su plexo solar.

—Cómo me gustaría encontrármela de frente, mirarla a los ojos y escupirle toda la rabia que me hace sentir —dijo.

—¿No crees que algo así la haría enorgullecerse aún más? Encontraría buenas razones para justificar el hecho de haberte abandonado.

—Es probable, pero eso ya me da igual. Lo que busco es quedar a gusto, ¿entiendes? Hasta el punto de recrear un montón de veces el diálogo que mantuvieron el señor Ugarte y Rick, ¿lo conoces? Ella, haciendo de Ugarte, naturalmente, viene a mi imaginación con su falsa condescendencia, con la superioridad de quien cree ofrecer su sincera preocupación por mi desvalimiento, la muy bruja. Lástima que solo sea en mi imaginación donde puedo atajar sus intenciones, aplicándole su misma medicina —dijo con tristeza.

Desvió un par de segundos la mirada, entrando como con prudencia en una ligera ensoñación.

—Veo cómo, con un cinismo insultante, ella me pregunta si la desprecio, admitiendo en su pregunta alguna culpabilidad de la que no quiere hacerse responsable. Imagínate mi satisfacción al soltarle que probablemente la despreciaría si pensase alguna vez en ella —rio.

—Admitirás que con esa respuesta tú también te comportarías como un cínico.

—Lo admito, solo que yo utilizo mis armas para defenderme.

—Atacando.

—Atacando, por supuesto, no del modo en que ella lo ha hecho, subrepticiamente, con esa falsa apariencia de preocupación por el dolor ajeno.

—Un momento —atajé—. Estamos construyendo entre los dos un disparate a partir de tu febril imaginación y del diálogo que aparece en una película. Es de locos. Creo que a ambos nos gusta demasiado andarnos por las ramas.

Vi cómo apuraba de un solo trago la cerveza que le quedaba en el vaso. A continuación, se pasó el dorso de la mano por la boca para limpiarse. Las comisuras se le distendieron hasta dotar a su expresión de una flojedad ebria que lo mismo anticipaban su hundimiento en un sueño exánime, que se permitía continuar insistiendo en su rencor con la boca pastosa y la lengua convertida en papel de estraza.

—Claro que nos gusta, hermano. Si no, no estaríamos aquí: yo compadeciéndome y tú dándome a duras penas la réplica como Sancho Panza.

—Vaya, gracias, así que me he convertido en el fiel escudero de mi señor.

—Exactamente. Un escudero que no se hace idea cabal de la existencia de ese torbellino, tan ingrato como generoso, que es el amor, ese dios pagano que no merece nuestro incienso y por el que todo hombre sería capaz de entregar una parte de su vida, y hasta de su hacienda, y que incluso cometería el oprobio de vender el alma con tal de obtener cinco minutos escasos que le permitiesen probar las mieles de tan caprichosa y cruel voluntad —el alcohol le salía a través del aliento y de la ampulosa gesticulación, si bien no afectaba al modo coherente que mostraba al hilar las frases.

—Pues sepa vuesa merced que, aun no sabiendo un servidor de asuntos de amores como dice, parecen más anejas a los caballeros andantes las desgracias por estos asuntos que a sus escuderos, a juzgar por las malas trazas que gasta y por el aire taciturno y el mostrarse vacío, por no hablar de la demacrada figura y el agrio carácter.

—En esto reconozco que sois un grandísimo bellaco —dijo Jorgito, sin que por sus palabras ni por su semblante airado se pudiera colegir que lo que decía iba en serio o se trataba de continuar con el entretenimiento urdido entre ambos—, y vos sois el vacío y el menguado, que yo estoy más lleno que jamás lo estuvo la muy hideputa puta que os parió.

—Me congratula reconocer en estas palabras las que con buen tino dirigió vuesa merced al cabrero y no a este su fiel escudero en la aventura que con aquel tuvo su señoría, de la que bien pudo salir muy mal parado de no ser por mi ayuda. Haga memoria vuesa merced y estime con justicia que de no ser por este que ahora habla —me señalé con el dedo sobre el pecho—, el tal cabrero no habría dejado de vuesa merced más allá de unas pocas migajas.

Se nos acercó por enésima vez la enésima sonrisa del camarero, que anunciaba un nuevo vaso de ambrosía. Tan pronto como dejó sobre la mesa el pedido solicitado, se inhibió de querer entrometerse en lo que estábamos hablando con desmesurada teatralidad. Apenas se limitó a dibujar una mueca de festivo desconcierto y regresó por donde vino con movimientos rítmicos de cabeza.

Después de dar el primer trago al nuevo vaso de cerveza, y a la espera de que el camarero se alejase lo suficiente, Jorgito se aclaró la voz y se dispuso a recitar sin fallo alguno y con la entonación más adecuada que le permitía su maltrecha condición:

«O le falta al Amor conocimiento
o le sobra crueldad, o no es mi pena
igual a la ocasión que me condena
al género más duro de tormento.

Pero, si Amor es dios, es argumento
que nada ignora, y es razón muy buena
que un dios no sea cruel. Pues ¿quién ordena
el terrible dolor que adoro y siento?
Si digo que sois vos, Loli, no acierto,
que tanto mal en tanto bien no cabe
ni me viene del cielo esta ruina.
Presto habré de morir, que es lo más cierto:
que al mal de quien la causa no se sabe
milagro es acertar la medicina».

Aplaudí con sonoro entusiasmo mientras me brotaba de la garganta una risa beoda.

—Joder, menuda memoria —dije—. Sin embargo, bien que me extraña que recites un soneto que parece exculpar a quien te ha herido hasta dejarte en semejante estado, y después de tanto echar por esa boca contra ella. Entonces, dime: ¿la amas aún o la odias definitivamente?

—La amo, no te quepa duda. De ahí que lo que quiera sea morirme ahora mismo o, en su defecto, emborracharme hasta perder la consciencia.

Exageró entonces un brindis, levantando el vaso de cerveza y girándose en todas direcciones, buscando a cuantos estaban en el bar que quisieran acompañarle. El ruido alrededor crecía hasta compactarse en un murmullo ensordecedor y versátil que contribuía a alcanzar cierto grado de tranquilidad, como el bajo continuo de una pieza musical que permite resaltar el discurso armónico de la melodía.

—La odio con todo mi corazón, ¿te enteras? La detesto. Me ha destrozado, me ha hecho papilla, ¿o es que no lo ves? —Jorgito entrecerraba los ojos, parecía sumirse en una semiinconsciencia de gato amodorrado en su rincón, y paladeaba como a sorbos su rencor, haciendo restallar la lengua contra el paladar—. Tan solo pretendo emborracharme hasta golpearme la cara contra el suelo.

—Te repites.

—O en su defecto, una buena dosis de fenobarbital como para sedar a un caballo, y así pasarme los meses esperando a que alguien me devuelva a la vida, como la bella durmiente. No sabía de quién enamorarse, ya ves, pero en ningún momento contempló que ya estaba enamorada de mí, ¿o es que no lo estaba? Todo apunta a que sí lo sabía. Vaya que lo sabía.

—¿Cuándo dices que te lo anunció?

—Hace dos días, dos miserables días. Le pedí que se sacase el chicle de la boca para hablarme. Me pareció un despropósito que quisiese hablar conmigo, que me traicionase con estúpidas justificaciones mientras masticaba el maldito chicle. Lo que indica a las claras la verdadera catadura de esa mujer. Se excusó asegurando que le servía para calmarse un poco. Bajaba los ojos repetidamente, no era capaz de sostenerme la mirada ni tres segundos seguidos. Le echó la culpa al destino, la muy cínica, utilizándolo como una patética excusa. Nunca creí que fuera a cruzar mi vida con la suya, se excusó, y admitió que hacía tiempo que lo nuestro había terminado. Ni en sueños podía yo imaginar que mi primer amor me estuviera esperando, agazapado, a la vuelta de la esquina, me dijo. Surgió así, sin que ninguno de los dos estuviese por la labor de retomar el tiempo pasado, pero fue algo irremediable, concluyó.

Volvió a echar un trago. Después se echó el pelo hacia atrás, desencajado.

—Su primer amor. ¿Crees algo así? El primer amor. ¿En serio, de verdad? ¿Me sales ahora con esto?, le espeté. Para darme puerta salió con eso que por decencia olvidamos, o que recordamos como lo que es en realidad: la tentativa fallida por excelencia, el esplendor inocente de cuando éramos apenas unos infantes, solo eso. ¿Qué es el primer amor sino un fracaso envuelto en una grata melancolía, una torpeza causada por la inexperiencia que, de recordarse, solo ha de hacerse con indulgente agrado? No es otra cosa, y yo tengo que tragarme que, de la noche a la mañana, llega el mozalbete aquel, decorado con granos en la cara y cargado de incómodos silencios y frases obtusas, convertido años después en un hombre tan torpe y obtuso como el muchacho de entonces para que la susodicha caiga rendida en sus brazos. ¿A cuento de qué?

Se calló unos instantes y desvió la mirada, como buscando algo en alguna parte, lo que le dio además un aire reflexivo.

—Ese es su destino, de acuerdo; pero, ¿dónde queda el mío? ¿Qué papel es el que me toca, el del amante auténtico pero contrariado? No sabes hasta qué punto me repugna verme a mi pesar representando el prescindible papel de comparsa en este estrambótico melodrama. Brindemos.

—¿Qué piensas hacer?

—¿Que qué pienso hacer?

—Eso —levanté el vaso frente a su cara haciendo ademán de brindar, pero sin saber en realidad qué es lo que estaba haciendo. A continuación, Jorgito chocó su vaso con el mío.

—«Presto habré de morir, que es lo más cierto: que al mal de quien la causa no se sabe, milagro es acertar la medicina» —recitó mientras mantenía los ojos casi en blanco.

—Volvamos a brindar por ello.

—Brindemos por la ficción y la insensibilidad, y a la puta mierda con Loli y su ridículo primer amor. ¡Camarero! —gritó en dirección a la barra.

—Será mejor que concluyamos por hoy —dije.

—Será mejor… ¿Qué es lo mejor? ¿Lo sabes tú, amigo mío?

Después de dejar el importe de las bebidas sobre la mesa, levantamos como pudimos nuestros cuerpos maltrechos. Tuve aún tiempo de girarme para mirar al solícito camarero, ese ser complaciente al que aún le quedaban varias horas de ajetreo nocturno. Nos miraba hasta cierto punto divertido, acostumbrado a ver a tipos como nosotros, pobres zarrapastrosos sin otra cosa mejor que hacer que arrastrarse sin rumbo por ahí, desatinados borrachos con vidas tan anodinas que se veían obligados a aparentar que dejaban a su paso un rastro de felicidad fingida.

Me pareció que la noche comenzaba a clarear. Eso significaba que llegamos tarde a casa, sobreactuados y solemnes.

—¿Imaginas que nos cruzásemos ahora con ella? —dije divertido.

—Te gusta demasiado el dramatismo. Solo te ha faltado añadir que en compañía de su nuevo galán, en realidad su novio de siempre, el único. Pero eso no va a pasar.

—Dime que no te vas a echar a llorar.

—Por favor, no me seas patético. Suelo salir llorado de casa —dijo.

Escuchábamos nuestro propio resuello como si se tratase de la respiración de seres extraños. Costaba un mundo alzar la cabeza y reconocer el indicio feliz de las calles, dibujar el recorrido acertado —y a ser posible el más directo— hasta nuestros respectivos refugios: subir, después del maquinal paseo de regreso, los abruptos escalones del portal, refugiarnos bajo la fría luz del ascensor y acceder por fin a esa neblina desasosegante que habitaría bajo las sábanas.

Jorgito fue el primero en llegar a su casa. Nos despedimos debajo de una solitaria farola que hacía esquina y que dejaba caer un halo amarillento sobre una escena a la que contribuía a dotar de tintes imaginarios. Parecíamos dos entes desencarnados, demasiado afines, que se lanzaban una última mirada de complicidad y de mutuo agradecimiento en la despedida.

—¿Comenzaste ya a leer esa novela? —dijo.

—Sí, la de José Donoso.

—Esa, la que dijiste que leyó tu padre.

—Sí, ando en ello —mentí.

Se despidió llevándose los dedos a la sien, como intentando alcanzar el ala de un sombrero imaginario.

Una semana más tarde me hallaba sopesando los entresijos de mi propia vida. Comencé a considerar la posibilidad de emprender algo serio, tal vez mi primer trabajo, el abordaje de una todavía tibia carrera como escritor, o incluso un viaje decisivo, no de placer ni de búsqueda, sino una forma definitiva de hacer virar el rumbo a la deriva de uno mismo.

Opté por jugar de modo espontáneo con el azar y el inconsciente. Sobre un mapa de los Estados Unidos que había desplegado sobre la pared de la habitación, lancé un dardo con la punta afilada después de vendarme convenientemente los ojos. Me vi obligado a lanzar dos veces al comprobar que, tras el primer intento, el dardo se había clavado en el océano Atlántico, muy cerca de la costa. Necesitaba disponer de un lugar concreto dentro del vasto territorio delimitado por líneas rectas, al que imaginaba en buena parte desértico y, a buen seguro, hostil. Mientras lanzaba por segunda vez, se me cruzó la imagen de mi padre aconsejándome con una modulación de la voz desprovista de aspavientos que siguiese los caminos trillados que ya existían, que haciéndolo así no se necesitaba en ningún caso buscar salidas extravagantes como estaba haciendo aquella decisiva mañana de mi vida.

Cuando el dardo se clavó, ahora sí, dentro del mapa, se escuchó un ruido seco, como un chasquido anunciador de que el intento había sido bueno, de que se había dado con el emplazamiento adecuado. Permanecí con los ojos vendados un instante, el tiempo necesario para escuchar mi propia respiración y sentir cómo la imagen de mi padre se alejaba definitivamente, como si hubiera muerto por segunda vez.

Naturalmente me guardé esta excentricidad para mí solo. Por lo que parecía, estaba decidido a vivir mi propia aventura con todas sus consecuencias, abordar con coraje mi propia vida sin que ni Jorgito ni mi madre supiesen ni una palabra de mi propósito.

Habían pasado poco más de dos meses y no había logrado más que una somera planificación de mi marcha a Norteamérica. En ese tiempo había dejado de referirme al lugar en el que se clavó el dardo como «Estados Unidos»; en realidad fantaseaba con que aquel punto preciso del mapa se había convertido en el paisaje en el que había permanecido oculto mi destino, al margen por completo de una referencia geográfica o política. Siendo grandilocuente, consideré que se trataría de un lugar destinado al alma. Prefería identificar el futuro con una expresión más genérica, incluso mítica: «Norteamérica». Imaginaba que podía contar a mi regreso, después de incontables años, a mis nietos quizás, a jóvenes desconocidos e interesados, que una parte significativa de mi vida había transcurrido allí, en la lejana Norteamérica, en mitad de un vasto continente al otro lado del océano, sin hacer mayores precisiones.

Mientras llegaba ese hipotético momento, continuaba haciendo las mismas cosas de siempre: apuntaba frases en cuadernos que apilaba en montones desordenados a la espera de convertirse algún día en historias inventadas; también leía con fervor y me quedaba dormido sobre la cama sin deshacer, no pocas veces con un libro volcado boca abajo sobre mi pecho o cerrado de mala manera encima de la alfombra.

Para despejarme, seguía paseando solo o con Jorgito, al que iba a recoger como siempre a la puerta de la farmacia. Se notaba a la legua que se había tornado más melancólico, de modo que nos habíamos aficionado a subrayar nuestra apariencia de almas en pena vagando detrás de algún sueño imposible, al que ni siquiera éramos capaces de acceder, de saber en qué consistía, por mucho interés que pusiéramos en querer alcanzarlo y así desentrañar su razón de ser.

En una de aquellas ocasiones en las que paseaba solo, me volví a encontrar con ella. Ascendía yo con esfuerzo por una de las calles más estrechas y empinadas, y me la topé de frente. Acababa de llover y el aire derramaba ligeros olores a madera y a tierra empapada. No pudimos hacer por no vernos, pero sí que nos ignoramos mutuamente. Después de pasar junto a mí, reconocí la particular fragancia a lavanda.

El primer impulso fue el de continuar de largo. Sin embargo, me detuve y contemplé cómo se alejaba. Su figura era idéntica a la que encontré por primera vez en el bar y más tarde en el supermercado; idéntico también el temple. En ningún momento me dirigió una mirada. Dejó claro que no me había reconocido o que quizás no me había visto, aunque eso era materialmente imposible. No le apetecía, en todo caso, encontrarse con el pasado del que yo formaba una parte minúscula; había compartido con Jorgito y con ella solo una tarde y había sido testigo de una felicidad que ahora se presentaba como algo lejanísimo, como un rastro inapreciable, desvanecido por completo y que me despertaba una insana curiosidad.

Así que decidí seguirla a una distancia prudencial. Era aquella una de las calles más concurridas y me costaba no perderla de vista entre los grupos de gente que se cruzaban con nosotros. Hubo algún momento en el que me vi tentado a desistir y darme la vuelta. En cierto modo hasta me sentí un depravado perseguidor de mujeres, una especie de *voyeur* pervertido.

Recordé con vergüenza que en mis días de facultad me había enamorado de Cintia, una compañera de clase, una preciosidad de cuerpo menudo y una expresión en su rostro de permanente turbación. En un momento determinado, todo mi afán consistió en acercarme a ella, de modo que la seguía al finalizar las clases de la mañana con el firme propósito de abordarla y decirle cualquier cosa antes de que cogiese el autobús (daba la impresión de que coger aquel autobús era para ella una cuestión de vida o muerte: todo apuntaba a que pretendía llegar a casa en un pueblo perdido en el mapa lo antes posible, de lo contrario, se vería obligada a permanecer esperando más de lo debido la llegada del siguiente. Cuántas veces deseé ser yo el culpable de su despiste y así pasarme horas charlando con ella, o comiéndonos en compañía un triste bocadillo).

Todo terminó el día en que comprendí que no iba a ser capaz de decirle algo coherente, así que opté por la bochornosa solución de continuar mis inocentes persecuciones, limitándome a disfrutar del modo en que se me aceleraba el corazón cada vez que la seguía, así como de la romántica tristeza que lo inundaba al saber que nuestro amor estaba a un tris de resultar imposible. Hubo una vez, lo recuerdo bien, en la que Cintia ralentizó el paso, pareciendo no preocuparse de perder su único medio de transporte. De sobra sabía que era yo quien la seguía, así que volvió la cara en un par de ocasiones para mirarme con ojos que eran algo parecido a una invitación.

En aquella ocasión la vi subir al autobús, elegir asiento junto a la ventana y lanzarme una mirada de profunda decepción con la que me dejó claro que había perdido definitivamente mi oportunidad. El autobús arrancó y se llevó con él mi corazón, que ya no volvería a experimentar aquel placentero sobresalto.

A Loli, por el contrario, la observaba con ojo clínico e intención detectivesca. Continuaba pendiente del vestido acampanado de color verde, ajustado a la cintura. No se me escapó su evidente toque de distinción, la utilización del bolso de mano y de zapatos brillantes de tacón. Se había esforzado en irradiar un aura que la alejaba de lo cotidiano. No aprecié, sin embargo, aquel ligero movimiento de caderas tan cadencioso de la primera vez, cuando la vi entrar en el bar, avanzando hasta la mesa donde me encontraba con Jorgito. Caminaba con decisión, cuesta abajo. Intuí que me conduciría a algo interesante, algo que a buen seguro iba a llamar mi atención, aunque no pretendiera más que curiosear en la distancia, sin implicarme en absoluto.

Como un embudo, el extremo de la calle, al final de la cuesta, se abría a una explanada rectangular, una plaza que por lo habitual se encontraba atiborrada de gente. El trasiego era continuo, un pequeño universo integrado por innumerables planetas y satélites siguiendo órbitas elípticas según un orden interno y desconocido. Allí se dirimía la vida social en su conjunto a partir de una significativa muestra de cuerpos yendo y viniendo según una lógica que solo se comprende adentrándose en ella. La percepción se abría en amplias perspectivas que permitían localizar a distancia el detalle en cuestión, cualquier matiz decisivo, relaciones y movimientos estudiados o espontáneos, esa persona concreta dentro de su particular proceder. Por todo ello, aquel era el lugar idóneo en el que citarse para encontrar a continuación algo que hacer en común. El truco estaba en no perder de vista el objeto de nuestro interés, de lo contrario se corría el riesgo de que se confundiese en una amalgama indistinguible de presencias anónimas en perpetuo movimiento.

Por lo que a mí respecta, fue relativamente fácil mantenerme atento a su espalda y al vestido verde acampanado que la cubría. Era casi la única nota de color entre el descolorido panorama reinante, siguiendo una trayectoria precisa, manteniendo el ritmo tan característico de quien pretende llegar sin contratiempos al punto exacto, al encuentro previamente acordado.

En la explanada ya no era preciso caminar a cierta distancia. Bastaba con aparentar hacer lo que el resto mientras se mantuviera la mirada fija en el objetivo. Así que permanecí con aire despreocupado, las manos metidas en los bolsillos del pantalón, sin perder de vista a Loli. Si presentía que ella se alejaba —en cierto momento aminoró el paso—, me esforzaba en ponerme en marcha con precaución de no ser descubierto.

Por fin se detuvo. Lo hizo junto a una fuente rodeada por una algarabía de niños que jugaban a su alrededor, deslumbrados por el ruido de los chorros saliendo de las fauces de enormes leones de bronce y cayendo con estrépito en el agua embalsada dentro de un pilón de mármol en forma de hexágono.

Aquel era el lugar elegido por las parejas para citarse los fines de semana. Sentados al borde mismo del agua, se complacían con arrumacos y besos, ajenos por completo a las miradas de la gente.

La postura del cuerpo de Loli dentro de su vestido de color verde, ensalzado por sus zapatos brillantes de tacón, denotaban la inquietud de la espera. No pasó mucho tiempo hasta comprobar la razón de su nerviosismo.

Hacia ella se dirigió un individuo de aspecto juvenil, cuyo ridículo atuendo lo señalaba como uno de esos orgullosos integrantes de lo que suele conocerse con indisimulada arrogancia como «arte urbano»: la ropa le quedaba tan holgada que parecía habérsela tomado prestada a algún amigo con problemas de obesidad; calzaba deportivas blancas sin abrochar y el conjunto se completaba con gorra de béisbol calada hasta las orejas y gafas de sol carenadas cubriéndole la mitad de la cara, a pesar de que el sol no brillaba más que por su ausencia y que el día comenzaba a llegar a su fin. No es preciso siquiera insinuar que el atuendo del aprendiz de rapero desentonaba con la discreta elegancia de ella, la cual ejerció de poderoso imán en el susodicho, lanzándole su incontenible magnetismo, hasta el punto de cambiar la forma natural de caminar del sujeto y convertirla, por arte de magia, en mecánicos movimientos de fantoche a medida que este se le aproximaba.

Era notorio que entre ellos había algo más que un mero tratamiento amistoso. Se sonrieron, se besaron e intercambiaron unas breves palabras.

La disparidad de la estampa que formaban saltaba a la vista, no solo en relación al atavío, sino también por la diferencia de altura: aparte de que ella parecía mayor que él, además le superaba holgadamente en altura, lo que a ella no parecía importarle en absoluto, a juzgar por el arrobamiento que sentía en su presencia. Recordé entonces las palabras que le había dedicado Jorgito aun sin conocerle, y me lo imaginé en plena pubertad, salpicada la cara de acné y a punto de ponerse a jugar con los niños que en ese momento rodeaban la fuente.

Sí, aquel debía ser el primer amor de Loli, su primer entusiasmo. A juzgar por cómo le miraba, de hito en hito, y por la sonrisa prendida en su cara, podía deducirse que aún lo continuaba siendo. No es de extrañar, por tanto, que viera con buenos ojos sus maneras de muchacho, tan cercanas al momento en que se conocieron. De lejos me resultaba hasta conmovedor apreciar la dedicación con la que las parejas alimentaban su amor, lo cuidaban, lo hacían crecer entre sus manos, lo observaban complacidos después de mantenerlo a resguardo, protegido en los confines de sus respectivos cuerpos y la afectación de las miradas.

Avanzaban ambos, cogidos de la mano y ajenos al trajín constante que animaba la explanada. Me vino otra vez la imagen del cuadro de Brueghel: aquel en el que la pareja de enamorados se muestra indiferente al triunfo denodado de la muerte y de los afanes del mundo, hasta el punto de casi desparecer tras los márgenes del propio cuadro. Con la particularidad de que el caos que circundaba a Loli y a su feliz «artista de la calle» no aparentaba ser algo amenazador; por el contrario, la explanada a aquellas horas fluía con grupos enfervorizados de niños y parejas jóvenes (como en otro cuadro masivo —¡oh, casualidad!— del maestro holandés, repleto de infantes que en plena exaltación vital toman con sus juegos una plaza al asalto).

Superpuse la imagen de la pareja a aquella otra para encontrarme con una visión universal que me parecía que simbolizaba la misma ausencia del tiempo; o bien el tiempo entendido como una marea que muere siempre a los pies de los enamorados.

Toda esta inútil interpretación nacía de la escena que estaba teniendo lugar delante de mí, con los dos cogidos de la mano y deambulando con lentitud premeditada, como paladeando cada uno de los instantes en que ambos permanecían juntos, ahora ya sin destino ni rumbo fijo, pues el rumbo y el destino eran ellos mismos.

En un impulso desconocido en mí, me vi tentado a romper esa dulce armonía. Me propuse acercarme de frente, con decisión inquebrantable. En mi cabeza bullían las horas pasadas con Jorgito, repletas de frases dolientes que alimentaban su implacable resentimiento ocasionado por la traición de ella, hasta el punto de querer soltarles un par de filípicas y a continuación quedarme tan fresco.

Sin embargo, no lo hice. No sé si es que no me atreví, después de todo, o si lo que se impuso fue la cordura, y decidí en el último momento no inmiscuirme en aquello que no era de mi incumbencia.

Los tortolitos se dirigían hacia la calle estrecha y en cuesta por la que bajé tras el rastro de Loli hacía solo unos minutos. Caminaban tan amartelados que ella no se percató de mi presencia. Contemplé cómo abandonaban la plaza, y hasta creo que fui testigo del renacer de un sentimiento antiguo que, por momentos, parecía perder el brillo exquisito del amor primero al contrastarlo con la fisonomía inusual de aquel tándem en el que ella le sacaba una cabeza al aprendiz de rapero, el cual, incapaz de alcanzar el hombro de su amada, se conformaba con rodearle la delicada cintura.

Lo que vi fue lo suficientemente inusual, y hasta cierto punto grotesco, como para permanecer durante bastante tiempo en mi memoria. Huelga decir que no le comenté a Jorgito ni una sola palabra sobre lo que vi aquella tarde; de lo contrario, habría terminado por hundirse aún más en la melancolía al saber la clase de individuo que Loli había elegido como su sustituto.

A pesar de mi inexperiencia en la materia, no me fue demasiado difícil concluir que el amor, a fin de cuentas, se presenta siempre como ese fuego arrebatador en el que todo es promesa, y que en muy contadas ocasiones el tiempo no consigue doblegar hasta convertirlo en tímida llama.

Por lo que a mí se refiere, continué haciendo planes estra-
falarios para mi propia y estrafalaria vida. Describí en uno
de mis cuadernos —para ser precisos, en el de tapas marrones— unos pocos detalles de lo que viví durante aquellos
intensos días. Por primera vez encontraba cierto placer
al hacerlo, como si se abriese una nueva vida sobre la que
tenía un control relativo, al que era ajeno hasta entonces, y
que me proporcionaba una sensación inédita. Incluso hasta
quise verme una noche como una especie de escritor, pero
me entró un vértigo insoportable y me fui a la cama.

De vez en cuando acariciaba, como si estuviese enaje-
nado, la cubierta de las novelas de José Donoso que había en
casa, de idéntico modo a como lo hacía en la librería con las
novelas de la mesa de novedades. En el fondo, no me atrevía a hincarle el diente a una historia que, por lo que parecía, trataba de un muchacho deforme cuyo padre se había
empeñado en crearle un mundo irreal dotado de seres defor-
mes como él, algo así como urdir una mentira piadosa con
tal de que el joven no llegase a concebir un mundo diferente, ese mundo real en el que sería tratado como una aparición extraña y despreciable. (Si le fuera posible, ¿qué padre
no haría por sus hijos cuanto estuviera en su mano con tal
de impedir que siquiera les rozasen todos los hipotéticos
inconvenientes que entraña el hecho de vivir?).

Me limité a traducir con dificultad la alambicada prosa
de Henry James que el autor utilizó como cita de *El obsceno
pájaro de la noche*: «Every man who has reached even his
intellectual teens begins to suspect that life is no farce...». No
obstante, la cita continuaba más allá de esta última palabra.

Efectivamente, parecía aquel el momento en que uno
comienza a sospechar que la vida no es una farsa, aunque
existieran motivos más que sobrados para creer lo contrario.

Una vez más me quedé traspuesto sobre el sillón que utilizaba mi padre, así que no pasé de la larga cita y de su oportuna dedicatoria. He de confesar que, por el momento, continúo sin haberme sacudido de encima el temor reverencial que me impide leer esta novela, así como algunas otras del autor.

Los ausentes

Antes de levantarse de la cama, Félix Gracia cogió el teléfono móvil de la mesilla de noche. No lo hizo ni para mirar la hora ni tampoco para consultar la previsión meteorológica; menos aún para saber quién estaría dispuesto a tomarse la molestia de enviarle cualquier insustancial mensaje, cosa que no ocurría casi nunca. Después de encenderlo, se llevó la pantalla luminosa a los labios y le dio un beso con los ojos cerrados. Quiere esto decir que se trataba de alguien capaz de ponerle sentimiento incluso a las cosas más cotidianas y en las horas más intempestivas. Aunque el beso duraba casi siempre dos segundos y treinta y cinco milésimas, al volver a abrir los ojos solía demorarse en los rasgos del retrato que le servía de fondo de pantalla.

—Buenos días, cariño —le susurraba al teléfono, a veces incluso cuando este súbitamente se había apagado y permanecía en la palma de su mano como un insulso rectángulo de color negro.

En la conciencia temporal de Félix, la mañana amaneció como sábado, de modo que a su cotidiano ritual amoroso le añadió un gesto más, llevándose el móvil al pecho para apretarlo con fuerza contra él, al tiempo que volvía a cerrar los ojos. Esto último solo lo hacía sábados y domingos, las peores cuarenta y ocho horas que era necesario pasar durante la semana hasta que volvía a encontrarse en la oficina con la mujer de sus sueños, a la sazón, el objeto de sus besos matutinos: María Ortuondo.

Sabido es que cada día tiene su propio afán, lema que se cumplía al pie de la letra los fines de semana, casi siempre imprevisibles. El resto de los días, de lunes a viernes, Félix se los pasaba, como la casi totalidad del género humano una vez rebasada la mayoría de edad, cumpliendo con el rígido horario de un trabajo que buena parte de los adultos considera un latazo, además de una pérdida de tiempo. El de Félix era un trabajo inespecífico, de esos de andar de acá para allá llevando y trayendo paquetes, cartas, incluso cafés y otras cosas que se terciaran según el momento. Es decir, Félix trabajaba de chico de los recados y almacenista en una empresa multinacional de la que también formaba parte María Ortuondo, si bien ella pertenecía al departamento de márketing, tal vez el más sofisticado e inaccesible de todos los que componían la estructura del entramado empresarial.

Aunque María era el principal aliciente de Félix para levantarse cada día, sin embargo ahí solía acabar todo. Desde la primera vez que la vio ya no pudo dejar de pensar en ella, en su largo cabello de un rubio matizado (lo cual no significa que tuviera una tonalidad mate, sino que no acababa de ser rubio del todo, al menos no de ese tipo de rubio propio de las modelos rubias de pasarela o de las películas americanas donde también salen bellas actrices rubias muy rubias, a las que se utiliza casi siempre para lucir tipo, a ser posible en bikini). Lo que le enternecía en particular era verla con unas gafas muy monas que llevaba puestas todo el día y que colocaba muy cerca de la punta de la nariz, permitiendo que el color miel (no matizado) de sus ojos se desbordase por encima de los cristales montados al aire con forma de rectángulo.

Sin embargo, hay que repetir que ahí quedaba todo su entusiasmo, porque María Ortuondo era una trabajadora ejemplar que pasaba su tiempo dedicándoselo en cuerpo y alma a la empresa que le pagaba, sin apenas despegar los ojos de la pantalla del ordenador. Por esta razón jamás se había percatado de la presencia de Félix y, si alguna vez lo había hecho, no habría pasado de la atención que se precisa para apartarse de la cara un mechón de su pelo rubio matizado.

No obstante, si por algo se caracterizaba Félix Gracia era por su natural entusiasmo, que aplicaba por igual a concebirse a sí mismo como el hombre que el destino había puesto en la vida de María Ortuondo sin ella saberlo, o a levantarse de un salto de la cama aunque fuera un lunes tormentoso y desapacible, y además coincidiera con el primer día de trabajo después de terminadas las vacaciones.

Ponerse en funcionamiento los sábados requería un *modus operandi* algo distinto del resto de la semana. Lo primero era desayunar y dar los buenos días a los miembros de la familia de un modo desenfadado, como quien no quiere la cosa; iba repartiendo los primeros besos del día según el orden en que fuesen apareciendo los muchos miembros de la familia. Por lo general era su madre la primera destinataria de su efusividad (sin contar, por supuesto, con que el primer beso de todos, como es ya sabido, lo recibía el fondo de pantalla de su teléfono móvil).

Al abuelo Sergio (el padre de su padre, que había fallecido cuando Félix era un niño) era mejor dejarle en paz si no se estaba seguro, que era casi siempre, de que había amanecido ese día con el pie derecho; si se encontraba leyendo el periódico o alguna revista en lugar de pasear por el pasillo embutido en su ridículo pijama de color verde oliva, significaba que ese día era mejor no andarle con remilgos y, en ningún caso, dirigirle la palabra. Desde que murió su hijo (o sea, el padre de Félix), a una edad en la que todo hombre está en su plenitud, el abuelo Sergio aprovechaba cualquier momento del día para soltar su frase favorita, bajo la que se ocultaba una resignación mal digerida:

—No le recomiendo a nadie llegar a viejo. Es una putada.

Después de escoger la sonrisa más maliciosa de entre todas de las que disponía, Félix acostumbraba a responderle, aguantándose la risa, que era mejor llegar a viejo que no llegar.

—Tú te callas, niñato, que no sabes un ardite de qué va la vida —respondía el abuelo.

La que sí era un ser entrañable era la abuela Marisa, con la que Félix se pasaba sus buenos ratos de entretenida y absurda conversación y a quien resultaba agradable abrazar, como si fuera una niña pequeña. Su peculiaridad consistía en haber perdido la cabeza, de modo que no sabía nunca dónde se encontraba, confundía a las personas y parecía anclada en un tiempo pasado que con toda seguridad ni siquiera había vivido, pues era fruto de su imaginación distorsionada por la enfermedad.

Por lo visto, en su lecho de muerte el padre de Félix le había hecho prometer a su mujer que se ocuparía de sus suegros, a los que no podía evitar ver en el futuro convertidos en dos ancianos desvalidos y solos, como enseguida el tiempo verificó con matemática precisión.

Completaba el cuadro la mascota de la familia, un gato de Angora con tan malas pulgas como el abuelo Sergio, al que Félix le puso de nombre Pushkin por ser un regalo de Dimitri, el vecino del primero izquierda, un ruso de amplias espaldas que siempre estaba en camiseta y al que le horrorizaban los gatos (cuestión esta que siempre intrigó a la familia y era motivo de encendidas discusiones); pero, sobre todo, por ser el protagonista de un suceso de lo más extraño: Félix aseguró en su día haber escuchado al gato recitar en su supuesta lengua materna algunos pasajes de «La hija del capitán», una de las obras emblemáticas del mismísimo Alexander Pushkin, el poeta nacional ruso. Desde aquella vez, Félix no volvió a escucharle una sola palabra, ni en ruso ni en ninguna otra lengua (circunstancia esta que ayudó a zanjar la polémica, confirmando que Félix se mofaba de ellos valiéndose de su encendida inventiva).

Aquel sábado Félix se encontró con la dentadura del abuelo Sergio en la mesa de la cocina, como si fuera un boquerón en vinagre fuera del recipiente en el que venía envasado; a Pushkin haciendo sus necesidades en su cajón de arena; y al sol entrando por la ventana del salón en un ángulo que hería los ojos todavía acostumbrados a la oscuridad del dormitorio.

Pero lo más interesante lo descubrió Félix a la entrada del salón, sobre una silla colocada junto a la puerta y cuya función en el conjunto del mobiliario del piso nunca quedó del todo explicada: parecía el lugar destinado para que se sentase un bedel o, en su defecto, una visita de última hora con ganas de practicar alguna modalidad de desahogo emocional.

Lo cierto es que a Félix le llamó la atención que sobre la silla reposaran algunas prendas que no había visto antes.

—Mamá, ¿y esto? —gritó mientras cogía una camisa de color amarillo, primorosamente doblada.

Su madre era una mujer ya entrada en carnes que gozó de cierta belleza y donosura en su juventud, un ser cándido dedicado en cuerpo y alma a hacer de ángel de la guarda de la tropa que habitaba en aquella casa. Vio a Félix sujetando la camisa por las costuras de los hombros y colocándosela junto al pecho, como para comprobar si era de su talla.

—Mira que lo tenía yo todo colocado y vienes tú a meter las narices —dijo.

—¿Qué es todo esto? —se interesó Félix.

—Es lo último que queda de la ropa de tu padre. Lo tengo aquí para darlo a la parroquia.

—Vaya —dijo Félix.

A juzgar por el colorido de las camisas, por los estampados más propios del papel pintado que se utilizaba en las casas hacía cuarenta años, y por unos pantalones que se abrían en su extremo inferior en una inmensa pata de elefante africano, se podía deducir con facilidad la falta de sentido estético que se tenía en el pasado, o tal vez el desmedido interés por estar a la moda. Una moda infame, por otra parte.

Mientras se ocupaba de desayunar, abrazar a todos (excepto a Pushkin; al abuelo Sergio lo abrazó una vez que este decidió pasear en pijama por el pasillo), pasar la mopa por el suelo, salir a hacer unos recados y llamar por teléfono a un par de amigos para quedar por la noche, Félix no dejó de pensar en la ropa paterna, en cómo le quedaría mientras su padre fue un hombre joven y espigado, al que no tuvo oportunidad de conocer, salvo por fotografías.

Consideró que debía de haber algo taumatúrgico en la ropa de un ser fallecido, sin que supiera muy bien qué era eso de la taumaturgia. Algo así como que vestirse con ese atuendo transmitiría necesariamente a su nuevo inquilino el poder de su anterior propietario.

Se rascó la cabeza, meditó unos segundos y optó por aventurarse a hacer algo que le costaría la incomprensión general.

—Quiero salir esta noche vestido como papá vestía hace un montón de años —le anunció a su madre.

—Cuando digo que estás mal de la cabeza —su madre se llevó un dedo a la sien.

—Te vuelvo a repetir que lo de Pushkin es tan cierto como que mañana es domingo —dijo Félix—. Le escuché hablar con una pronunciación exquisita.

—¿Cómo puedes saber tú la pronunciación que tiene un gato si los gatos no dicen ni mu? Además, no sabes ni palabra de ruso.

—Dimitri no me lo desmintió.

—Lo que no quiere decir que te lo confirmara —remató su madre—. Además, me parece a mí que Dimitri está tan chaveta como tú. Los dos parecéis entenderos demasiado bien.

La conversación habría seguido por los mismos derroteros de siempre cada vez que salía el extraño caso de la mascota habladora si su madre no hubiera reconducido el asunto de la ropa, que permanecía apilada en un pequeño montón sobre la silla.

—¿No ves que esto ya no se lleva? —cogió con dos dedos, como quien coge algo con miedo a mancharse, la misma camisa amarilla que Félix había desdoblado—. Parecerías un adefesio. Además, estas camisas no son de tu talla.

Esto último le dolió. Era una verdad hasta cierto punto molesta que su padre fue un hombre proporcionado, no como él, algo zarrapastroso y con unos kilos de más.

—Si, por lo que parece, mi padre era un hombre elegante y no se ponía cualquier cosa, entonces todas estas camisas y estos pantalones seguirán siendo de exquisita calidad —arguyó Félix.

—Repito que no te valen —insistió su madre—. Fíjate en los colores y en esta hechura, son como para asistir a un circo, y no precisamente como parte del público.

Félix intentó convencerla de que todo eso podía ser verdad, pero no le importaba en absoluto. Si lo hacía era por otra razón que no esperaba que ella entendiera. Lo trascendente era que el ajuar había pertenecido a su padre. No le dijo lo del carácter taumatúrgico, esa cosa fantasmal o esotérica de vestir prendas o utilizar cualesquiera objetos que fueron de otra persona, así que optó por insistir en que se trataba de un homenaje que quería hacerle a él, al que fuera su marido.

—Vamos a comprobarlo, a ver si tengo razón. Prueba con esto —dijo su madre.

En efecto, la camisa amarilla apenas le abrochaba y le dibujaba la curva de la tripa de un modo bastante antiestético. El cuadro se remataba con unos pantalones de color granate tan acampanados que a Félix le dio la sensación de estar vistiendo una falda que le impedía verse los pies.

—Estás horrible. Esto mismo a tu padre le sentaba fenomenal —dijo su madre.

—Me temo que lo que te pasa es que lo recuerdas con cariño, y es normal. Idealizas aquel tiempo pasado y todo ello te impide apreciar con justicia que tu hijo tampoco está tan mal.

En ese momento se asustó al escuchar una repentina carcajada a su espalda.

—¿Adónde vas así, destripaterrones? ¿Acaso se ha abierto la veda del lechuguino y vas de reclamo? —se mofó el abuelo Sergio.

—Ahí tienes la confirmación de lo que te estoy diciendo —dijo su madre.

A causa de las risotadas emitidas por el abuelo, y sin saber a cuento de qué venían, de inmediato se incorporó al grupo la abuela Marisa, que recorrió el pasillo en tiempo récord.

—¿Has traído ya el coche? —le preguntó la abuela a Félix.

—Abuela, sabes de sobra que no tengo coche.

—Porque nos vamos a la playa, ¿no es así? —replicó.

Félix entendió enseguida que lo de la playa vendría al verle vestido con tanta profusión de colores.

—Qué bien. Voy yo también a prepararme —la abuela se volvió en dirección a su cuarto más contenta que unas castañuelas, convencida de que la salida de toda la familia a la playa era cosa de minutos. Todos sabían que resultaría inútil explicarle que la ciudad en la que vivían era de interior y que la playa más cercana se encontraba a varios centenares de kilómetros de distancia.

Por momentos, ataviado de aquella guisa en mitad del salón, viendo la cara de mofa de su abuelo y de mortificada resignación de su madre, Félix creyó haberse equivocado en su decisión. Tal vez era cierto que estaba ridículo con toda esa pintoresca indumentaria encima. Sin embargo, en su interior cobraba cada vez más fuerza la idea de que necesitaba vestir aquella ropa, aunque fuese solo por una vez; se veía, salvando las distancias, como Hércules ataviado con la piel del león de Nemea. Sin ir tan lejos, le bastaba con tomárselo como un merecido homenaje a su padre, el hombre que le dio la vida y al que, con mucho gusto, hubiera querido conocer.

—Esta noche saldré vestido como vestía mi padre —dijo Félix mientras se quitaba la ropa y la colocaba doblada sobre la silla—. No quiero que te deshagas de todo esto sin que se le dé una última oportunidad.

La frase le sonó bastante romántica, al tiempo que su madre cerraba los ojos de impotencia ante la cabezonería de su hijo.

—Estás pensando otra vez que estoy loco, pero no.

Le hubiera gustado responderle que estar loco era otra cosa, como estar loco de amor, por ejemplo. De ahí los besos cada mañana sobre la pantalla de su teléfono móvil, pero eso no se lo iba a decir; como tampoco le iba a confesar que el día en el que, desalentado por la pertinaz indiferencia de María, se armó de valor y le escribió una nota en la que expresaba sin pudor sus sentimientos. La nota decía:

«Desde que te vi soy otra persona. Tú esto no lo sabes, por eso te escribo ahora, para que te enteres de que suspiro por ti. No hago otra cosa que pensar en ti día y noche, y eso solo tiene un nombre: se llama amor».

Félix G.

Reconocía que el estilo no era lo suyo, era reiterativo y parecía un poema algo cursi, pero sin que hubiera versos; además cada una de las frases, especialmente la última, parecían sacadas de alguna canción de moda. Se consolaba pensando que lo importante no era la forma, del mismo modo que de una persona no se mira exclusivamente su apariencia. Seguro que María Ortuondo merecía que le expresasen su amor de un modo más poético, pero no más convincente. De hecho, no creía que sus sentimientos fueran a depender del cómo se le dijera lo que se le dijo, sino del qué fue lo que en verdad se le dijo.

De eso hacía más de quince días y no había notado ni el menor cambio en ella. Dedujo entonces que las mujeres, si se lo proponían, podían aparentar ser de lo más insensible de este mundo. Pero, lejos de amilanarse o caer en una profunda melancolía, Félix se prometió seguir insistiendo con todas las notas que hicieran falta, y hasta estaba dispuesto a escribirle una carta en toda regla. Qué menos. Si aun así no conseguía más que su silencio, se vería obligado a abordarla con sus mejores armas de seducción.

La abuela Marisa volvió a preguntar por el coche. El asunto de la playa se le había pasado a la pobre, y ahora la cogió con que tenía que visitar sin más dilación a una prima que vivía en el pueblo.

—Marisa, la prima Herminia murió hace dos años —le dijo la madre de Félix.

—Eso no es posible porque la vi ayer por la tarde —respondió la abuela.

Ante semejante patinazo de su mujer, el abuelo Sergio volvió a enfurruñarse y la emprendió una vez más con Félix, si bien esta vez acompañado de un sentimiento de cierta desolación.

—Lechuguino —le espetó, dio media vuelta y se marchó.

A media tarde, Félix había quedado en casa de su amigo Facu, antiguo compañero de colegio, un incondicional seguidor de su equipo de fútbol, además de aficionado, sin éxito, a todas las mujeres que se cruzasen en su vida, reales o imaginarias. Solían pasar buenos ratos juntos, hablando de cualquier cosa y bebiendo cerveza mientras organizaban la noche del sábado.

—¿Te acuerdas de Lorena? —preguntó Facu.

—Como no me digas más —dijo Félix.

—Sí, hombre, te tienes que acordar. La chica del vestido corto que conocimos el fin de semana pasado. Mucha curva, cintura estrecha y grandes tetas —hizo un dibujo en el aire con ambas manos.

—No caigo —dijo Félix.

—Tampoco conocimos a tantas como para no acordarte —insistió Facu.

En realidad, Félix no sabía si se acordaba o no. Cuando salía con Facu y el resto de la panda, lo hacía para pasarlo bien, como todo el mundo, pero sin ánimo de ir buscando chicas a las que conocer y, si había suerte, llevarlas a la cama. Él sabía que, desde hacía ya un tiempo, era hombre de una sola mujer, de modo que procuraba no despertar sospechas en el resto sobre ese particular, manteniendo a buen recaudo el secreto que albergaba en su corazón, hasta el punto de que cada día que pasaba se le hacía más patente su condición de hombre enamorado. Así, con todas las letras y con lo que eso suponía.

—Esta noche lo voy a intentar con ella. Con tu permiso, claro —dijo Facu.

—¿Cómo con mi permiso?

—Porque se nota que está loca por ti —aseguró—. No hay más que ver cómo te miraba.

—Tonterías.

—Ni tonterías ni nada. Eso se ve a la legua, tampoco hay que ser muy listo para darse cuenta, y esa Lorena te digo yo que te devora con los ojos.

—Pues si de verdad es como dices, lo vas a tener difícil —advirtió Félix.

—Cuento con ello —dijo Facu—. Por eso llevaré mi amuleto de la suerte —se dirigió al armario de la habitación y rebuscó en el fondo de uno de los cajones, del que sacó unos calzoncillos de color verde fosforito que levantó en el aire en señal de triunfo.

—No me lo puedo creer —Félix se quedó perplejo.

—Gracias a estos —Facu señaló los calzoncillos— ganamos la liga el año pasado. Ya sabes lo que nos costó, que hasta nos pitaron un penalti en contra y todo.

—¿Quieres decirme que los llevabas puestos y gracias a eso tu equipo ganó la liga? —dijo Félix.

—Tal cual. Con eso te lo digo todo —asintió Facu satisfecho—. Y no digas «mi equipo» como si no fuera el tuyo también; de lo contrario, vería difícil que fuéramos amigos.

Como un resplandor repentino llegado de alguna parte escondida de sí mismo, Félix cayó con amargura en la cuenta de que aquella estupidez de su amigo Facu no podía tener nada que ver con su decisión de vestirse con las ropas de su padre. No, lo suyo era distinto, lo suyo no participaba de esa burda superstición de confiar en que la ropa interior te permitirá llegar a mayores con la chica que te gusta, o con que un balón entre por fin dentro de la portería contraria y te otorgue el inmenso placer de disfrutar de las victorias de tu equipo. Hasta era capaz de admitir que en su empeño había no poco de excentricidad, y hasta cierto grado de cabezonería; incluso cierta confianza ciega en algo que se negaba a calificar de superstición. Tampoco había un propósito en ello, no se precisaba en ningún caso obtener alguna forma de recompensa material, sino que el hecho mismo de vestirse de una forma intemporal quedaba al albur de los acontecimientos. De ahí que, en su caso particular, su actitud tuviera menos que ver con el rito que con un carácter meramente festivo.

—Me voy a casa, Facu.

—Recuerda que quedamos a las ocho en Resplandores.

—Nos vemos —se despidió Félix, pensando que cada vez que escuchaba aquel nombre parecía estar escuchándolo por primera vez. Advirtió que sería el lugar más indicado para la noche de aquel sábado en concreto, un bar que hacía honor a su ridículo nombre y a su estrambótica decoración interior a base de un incómodo mobiliario fabricado con plexiglás de colores chillones.

Al entrar en el portal de casa, Félix tuvo que esperar un buen rato a que quedase libre el ascensor. La pareja de ancianos que vivía en el sexto derecha descargaba con dificultad las bolsas de la compra y, en el trasiego, se dejaron olvidada una caja de fresas, de modo que Félix subió para entregársela. La operación no resultó tan fácil como esperaba, pues los ancianos se negaban a abrirle a un desconocido. Después de explicarles a voces desde el rellano que se habían dejado parte de la compra dentro del ascensor, que él no era ni un atracador ni un vendedor ni un testigo de jehová, que era el vecino de abajo, el nieto de Sergio y de Marisa, y que se habían cruzado con él innumerables veces en el portal; después de estos y otros detalles, explicados a duras penas, como si la mirilla de la puerta fuera el ojo escrutador de un misterioso e inaccesible oráculo, los pobres ancianos optaron por abrirle al incansable joven. Una vez quitada la cadena de seguridad y descorrido el cerrojo con varias vueltas de llave, abrieron por fin la dichosa puerta. Se alegraron mucho al comprobar que en efecto se trataba del chico de abajo, y se lo decían uno al otro con insistencia, dejando caer reproches entre ellos acerca de quién se había empeñado en no abrirle a un vecino tan joven y tan simpático.

Los ancianos quedaron tan agradecidos por la ayuda prestada, que hicieron entrar a Félix en el piso. Le acomodaron en una butaca del salón que, cuando hizo ademán de sentarse, parecía quejarse por anticipado ante la inminencia del peso que se le venía encima, con grave riesgo de que el destartalado armazón que a duras penas la sostenía terminase hecho astillas.

Resultaba conmovedor verlos tan solícitos, apresurándose ella a servirle un café, a pesar de la insistencia de Félix en que no disponía de mucho tiempo, mientras él se sentaba a su lado con ánimo de contarle su vida, una larga vida junto a su esposa y un puñado de hijos, mayores que el propio Félix, casados todos y con hijos. Dejaron claro que los nietos suponían una enorme alegría cada vez que les visitaban, y se lamentaban de no tener ya fuerzas ni ánimo para verlos crecer a todos ellos. A alguno ni siquiera le conocían, y otros eran tan pequeños que no eran capaces de ponerles cara, mucho menos de saberse sus nombres. Para ilustrar su entusiasmo, le mostraron fotos enmarcadas de toda la familia, tanto individuales como en grupo, fotos de interior, así como en exteriores variopintos.

—Y usted, ¿no tiene hijos? —se interesó ella.

—No, señora, ni siquiera estoy casado —respondió Félix.

—Vaya, vaya —murmuró el anciano.

—Claro, la juventud de hoy no es como la nuestra, ¿verdad que no?

—Me parece que no —confirmó Félix.

Por fin Félix mostró su decisión de marcharse. Se disculpó explicándoles que tenía algunas cosas que hacer.

—Dejemos a este amable joven que siga con su vida. No puede estar toda la tarde con unos viejos achacosos como nosotros —sentenció la mujer, buscando la aquiescencia de su marido.

—Tampoco es eso —dijo Félix.

—Pues vaya —se lamentó el anciano.

A continuación, bajó hasta casa y se encontró al abrir la puerta con una trifulca entre su madre y el abuelo Sergio. Se trataba de uno de los muchos desencuentros sin importancia que a cada poco estallaban entre los dos, o entre él y Marisa, casi siempre como consecuencia del carácter arisco del abuelo. En esta ocasión, Félix entendió que el abuelo Sergio a punto estuvo de ser atropellado por un coche de color verde (le hizo gracia la insistencia que puso en ese detalle anodino); y que su nuera no tenía razón al echarle en cara su empecinamiento en cruzar a la otra acera por donde no debía, que si después de tantos años no tenía él derecho a cruzar por donde le saliera de los cojones, dijo. Concluyó que nunca debió haber abandonado el pueblo, ese paraíso en el que no había que someterse a tantas obligaciones inútiles como en la ciudad. «Poco le pasa, Sergio, con esa cabezonería suya», le dijo después de su airada perorata. El abuelo le respondió de mala manera: que siempre estábamos a vueltas con lo mismo, que él no era cabezón, que los que no hacíamos el esfuerzo por entenderle éramos los demás.

Giró sobre los talones zanjando la conversación y desapareciendo de nuestra vista en dirección a su cuarto. Al pasar por delante de Félix, le soltó:

—Hasta la vista, lechuguino.

Félix miró la silla de la entrada del salón y comprobó con espanto que esta se encontraba vacía: había desaparecido la ropa apilada en ella.

—Mamá, ¿dónde está todo lo que había aquí? —señaló la silla.

—¿Al final estás decidido a hacer el ridículo?

—Del todo —respondió Félix.

Su madre le condujo hasta la cocina, donde el objeto de su empecinamiento se encontraba metido dentro de una caja de cartón que reposaba sobre la mesa.

—Si espero un poco más, me la encuentro en la parroquia —se quejó Félix.

En un plis plas se llevó toda aquella ropa hasta el dormitorio para elegir el conjunto más adecuado. Finalmente se decantó por una camisa verde estampada con flores rojas y amarillas, con un cuello americano cuyo largo de las puntas era más que largo, descansando lánguidas como alas de murciélago hasta casi la mitad del pecho. Completaba el atuendo la elección de unos pantalones beige de tiro alto y raya en mitad de las perneras, con los bajos tan abiertos que en su interior se podría esconder con holgura la familia al completo, incluyendo al enigmático Pushkin. Salvo este último detalle, en cada centímetro de su cuerpo la tela pugnaba por ajustarse tanto y de un modo tan tenaz, que cualquier movimiento brusco podría rasgarla con la misma presteza con que la carne de Félix se animaría a librarse de su prisión.

Después de rematado el ajuar con una chaqueta roja salpicada de botones dorados, con las mangas tan largas que casi no se le veían las manos, Félix se despidió de su madre y pasó de largo por delante del cuarto del abuelo. No estaba dispuesto a encajar una nueva descarga de humillantes carcajadas.

Antes de abrir el portal para salir a la calle, miró hacia arriba con un arrobamiento que le hacía parecer idiota.

—Va por ti, papá —dijo.

Mientras caminaba por la acera, tuvo ocasión de comprobar con sorpresa la seguridad que mostraba en sí mismo. También se percató de que, al caminar, era incapaz de que los zapatos le asomasen ni una sola vez por debajo de los pantalones. Por momentos parecía no estar pisando el suelo, sino levitando.

Muy pocos de cuantos se cruzaban con él manifestaron una indiferencia que podía estar motivada bien por simple despiste, bien por esa clase de vergüenza ajena que acosa en público a las almas sensibles en presencia de un adefesio, o de un perturbado, aparecido de sopetón en mitad de la calle. Los hubo que murmuraban a su paso y se reían con disimulo. Para bochorno de sus atildados dueños, un perro diminuto y con mala uva le ladró con insistencia, empeñado en morderle los bajos del pantalón, que flameaban como banderas al viento.

En ningún caso vio Félix mermada su autoestima. Su paso era firme y decidido, pensando en la sorpresa que le causaría a sus colegas al entrar en Resplandores, casi como si se tratase de una personalidad de renombre, si bien algo grotesca. Después de todo, su indumentaria tampoco es que fuera a desentonar en absoluto con la decoración del local, pensó.

Por otra parte, se encontraba contento, casi exultante, de poder vestir como en alguna ocasión lo habría hecho su padre; incluso hasta empezaba a notar dentro de sí una energía nueva, distinta, no más imperiosa pero sí consistente, que venía a añadirse a la suya propia. Tal vez fuera por esa circunstancia que, a medida que caminaba y caminaba, cada vez fueran menos las personas que se percatasen de su facha, como si se viera cubierto por un halo de invisibilidad y fortaleza; para Félix, todo se debía al mágico poder de la taumaturgia, al poder extraordinario de los héroes de la Marvel, o a la fuerza y la decisión de Hércules, hijo de Júpiter, si bien no esperaba, ni pretendía, terminar midiéndose con el destino involucrándose en una docena de arriesgadas aventuras. Por supuesto, no esperaba encontrarse de frente con un león imponente al que hubiera que sacarle la piel a tiras.

De repente, sus pensamientos se turbaron. El paso se hizo más lento hasta detenerse en mitad de la acera. Dejaron de moverse las perneras del pantalón: se había esfumado la sensación de que flotaba. Por momentos, la anchura de las mismas, lánguidas y sin movimiento hasta rozar las baldosas de la acera, así como el estupor que le impedía moverse, como si los miembros permaneciesen soldados al cuerpo, le hicieron parecer uno de esos individuos que obtienen unas monedas imitando estatuas, que solo cobran vida (el ansiado cambio de postura) cada vez que alguien les deposita el dinero en el suelo.

Delante tenía a María Ortuondo, pero no se lo quiso creer; su adorada María. Caminaba agarrada de la mano de un tipo alto, casi desgarbado, pero atractivo; lucía una melena larga y negra recogida en una coleta, y la barba recortada alrededor de una formidable mandíbula. Desde luego era un tipo que llamaba la atención, una especie de actor con andar pausado y cuyos gestos elegantes le daban ese aire de estar más allá del bien y del mal, casi como si fuera uno de los personajes interpretados por el actor Keanu Reeves, que era tanto como decir que era el propio Keanu Reeves en persona.

Fue en ese instante, y ante la imposibilidad de que parase el tiempo, cuando Félix quiso desaparecer, hacerse invisible, volverse hacia adentro, reversible como un calcetín, ocultando no solo la cabeza sino el cuerpo entero como dicen que hacen los avestruces cada vez que se enfrentan a un peligro, si bien él no estaba muy seguro de que eso tuviera que ser expresamente así.

Su mirada chocó con la de María; pese a que ambas se esquivaron, era imposible que no delatasen lo inapropiado de la situación. Félix reanudó la marcha y recibió con espanto el oscuro augurio de que no tenía nada que hacer: María salía con el mismísimo Keanu Reeves, mientras que él, herido de amor y maltrecho por la zozobra, iba a encontrarse con sus amigos, tan solitarios e insustanciales como él, en un lugar tan hortera como el atuendo que, ahora sí, comenzaba a considerar como la peor ocurrencia que había tenido en toda su vida. De golpe y porrazo pareció desaparecer toda la energía que se había dejado insuflar desde el Olimpo por el magnífico Hércules, hijo de Júpiter, para convertirse en esta triste realidad que casi le impedía dar un paso hasta alejarse definitivamente de la pareja.

No podía ser que una de entre el millón de posibilidades, si no muchas más, de encontrarse con María, estuviese teniendo lugar, y en aquellas circunstancias, junto a un novio que, este sí, parecía la encarnación del mismo hijo de Júpiter.

Cuando les rebasó —la cabeza humillada por el golpe y los puños apretados, apenas visibles por la longitud de las mangas—, quiso poder vaciar la ciudad con el poder de su mente, que sus calles se quedasen por completo vacías; incluso el mundo entero, un mundo sin nadie, sin actitudes ni propósitos (pero sobre todo sin el dolor provocado por el desamor), rebosante de paisajes en los que solo reinase una nostalgia permanente, y él en medio flotando, ingrávido, como un alma en pena.

Todavía tuvo tiempo de girar la cabeza en un gesto involuntario. María se había girado también, con la cara casi oculta por el cuerpo escultural de su novio. Quiso apreciar cómo se inclinaba apenas hacia él y pareció cohibida —los ojos en penumbra y sin sus gafas montadas sobre la punta de la nariz—, como desamparada después de todo, lo que provocó en Félix, si cabe, una mayor sensación de bochorno.

Como en las situaciones a vida o muerte en las que la naturaleza saca a relucir sus mecanismos de autodefensa, Félix se agarró a un clavo ardiendo formulándose a sí mismo una pregunta a la desesperada:

—¿Y si no es ella?

Remató con una afirmación en principio contundente pero que, a medida que la murmuraba, se desvanecía ante su propio escepticismo:

—Muchas veces los sentidos nos engañan; nos parece ver lo que no es en realidad.

El ensimismamiento que lo atormentaba cesó de repente al escuchar detrás de sí:

—Oye tú, lechuguino.

Parecía bastante evidente que los sentidos no le estaban engañando en esta ocasión: o el abuelo Sergio le había seguido durante todo el trayecto, o era el novio de María, su Keanu Reeves particular, quien se estaba dirigiendo a él.

—¿Es a mí? —fue todo lo que se le ocurrió decir a Félix.

—¿A quién va a ser si no? —respondió el novio de María—. Que yo sepa, no veo a ningún otro lechuguino por aquí.

A Félix le molestó el tono chulesco de aquel individuo, que no pegaba con los papeles, más bien amables y heroicos, que Keanu Reeves había interpretado en las pocas películas que había visto en las que aparecía como protagonista.

—Vaya, no es la primera vez que me llaman así hoy —Félix no supo por qué razón soltó aquella soberana tontería, aunque fuera verdad, humillándose aún más delante de su amada.

Estando uno frente al otro, los ojos de Félix se hallaban a la altura del arranque del cuello del tipo, justo donde campaba con firmeza el final del pecho fornido, que asomaba con orgullo detrás de la camisa abierta. Para mirarle directamente a los ojos, Félix se vio obligado a levantar la mirada.

—No es de extrañar al ir de esta guisa. Pareces un miembro de los Jackson Five —parecía más que evidente que el tipo estaba molesto con Félix.

«¿Y qué?» —pensó Félix—. «¿A ti qué te importa, Keanu Reeves? Voy así porque me da la gana, ¿te enteras? Ni aunque me amenazases con lanzarme una lluvia de puñetazos, o con apretarme la cabeza contra un muro, te daría explicaciones de por qué visto hoy así. No mereces que te cuente mi vida, y menos aún que te enteres de que amo con todo mi corazón a la mujer que está a tu lado, María Ortuondo, mi amor, mi vida entera, a la que no mereces llevar agarrada de la mano porque no albergas dentro de ti ni la mitad de todo el amor que rebosa mi corazón. ¿Te enteras?».

A Félix le vino a la cabeza uno de esos soliloquios de subido dramatismo que anidan a menudo en las cabezas de los protagonistas de las telenovelas hispanoamericanas, pero sobre todo se asustó de que su contrincante pudiese haber entendido todo lo que acababa de decirle a través de su torva mirada. De hecho, el tipo abandonó el tono sarcástico para manifestarle la cólera que, ahora sí, estaba a punto de estallar:

—Tenía muchas ganas de cruzarme contigo —le soltó a Félix con la altivez que le permitía su mayor estatura—. Y si no es porque está ella aquí —se giró y señaló a María con el pulgar—, te rompía ahora mismo esa cara de entrometido que tienes.

—Por favor, Manu, déjale en paz, hazlo por mí, vámonos —dijo María, que no podía ocultar su turbación mientras tiraba de la manga de su novio, actuando como en esas ocasiones que Félix había presenciado algunas veces en las que las chicas sirven de desesperado parapeto para evitar que sus novios, exaltados por los efectos del alcohol, terminen solucionando sus diferencias a puñetazos.

—Piénsatelo dos veces, casanova, antes de escribirle cualquier cosa a mi chica. De hacerlo, te juro que eres hombre muerto —sentenció el tipo que María había llamado Manu, lanzándole a Félix chispazos de odio a través de sus ojos despectivos.

Cuando ya se estaban alejando, el novio de María tuvo aún tiempo para volverse y gritar:

—¡Basura!

El contrapunto a aquel último desprecio fue observar la mirada triste que María le dirigió a Félix; ella también parecía humillada y, sobre todo, mostraba algo cercano a una sincera petición de perdón.

Para quitarle hierro al asunto, Félix sonrió ante los calificativos que había recibido durante aquel día. No acababa de creerse ninguno de ellos, pero desde luego no aceptaba de ninguna manera que se le tomase por un casanova. ¿Félix Gracia un casanova? ¿Por haber expresado sus sentimientos por escrito a la mujer que amaba?

Se quedó, por otra parte, con el nombre del susodicho: Manu. Muy apropiado, desde luego, para un adonis semejante. Qué extraño le hubiera resultado escuchar de los labios divinos de su amada, la dulce María, esa que ya jamás sería suya, junto a la que nunca gozaría del inmenso placer de tenerla entre sus brazos (otra vez, pensó, le invadía aquella tendencia suya al melodrama encendido), otro nombre que no fuera ese, Manu o, en su defecto, Borja o Ramiro o Luismi, en lugar de Aniceto o Clodomiro o Ambrosio. No podía imaginarla pronunciando alguno de estos nombres en la intimidad antes de acercarse con ternura a darle un fervoroso beso de amor.

Lejos de hacerle reír, esto último le provocaba tal congoja que quería echarse a llorar.

Caminaba con indiferencia y con evidente pesadez, como si sus piernas se le hubieran convertido en plomo. Le traía sin cuidado si todos aquellos con los que se cruzaba murmuraban al contemplar cómo se arrastraba un hombre afligido. Era incapaz de indignarse, incluso hasta de ser indiferente a las sonrisas o los comentarios de la gente. Sin embargo, todo le traía sin cuidado. Estaba convencido de que no era ya la ropa lo que sorprendía a los viandantes, sino su gesto de profunda adversidad, de áspero despecho. Incluso consideró la posibilidad de que pudieran tomarle por un suicida.

Por el momento, la implacable desilusión le hacía caminar al buen tuntún. No pensaba ya en Facu, tampoco en el resto, y mucho menos en llegar a Resplandores. En realidad, no quería pensar en nada, de ahí que apenas era consciente de estar vagando sin rumbo. Con las manos metidas con dificultad en los bolsillos, dada la estrechez de los pantalones, se adentró por un callejón húmedo que olía a meados. Solo un par de farolas derramaban, como una lluvia triste, un enfermizo resplandor amarillo sobre restos de basura, latas de cerveza y malas hierbas emergidas de entre los adoquines.

Justo al salir de la lúgubre callejuela, Félix escuchó el latigazo de unos neumáticos doblando la esquina y frenando junto a él. Temió ser atropellado y se paró en seco. De un Peugeot negro muy antiguo —uno de esos coches históricos que parecen de película francesa de hace sesenta años—, se bajó una chica que abordó a Félix para preguntarle por una dirección mientras el conductor esperaba. Aparte del aspecto inocente de la muchacha, que la hacía parecer una niña que acababa de salir del colegio con su pequeña estatura y la piel del rostro delicada y como si hubiera sido recién pintada de blanco, o tal vez por ser esta una escena tan poco frecuente, Félix no pudo no dejarse invadir por un escalofrío de sospecha. Sin que le diese apenas tiempo a ser consciente de lo raro de la situación, así como de la pregunta de la chica, se abrieron las puertas del coche y se vio sujetado de los brazos por dos individuos que no tardaron en meterlo sin esfuerzo en el asiento trasero.

—¿Qué significa esto? —protestó Félix, sentado entre la chica de aspecto infantil y uno de los que le obligaron a introducirse en el coche.

El Peugeot salió en estampida y los neumáticos chirriaron de nuevo sobre el asfalto.

—¿Quiénes sois? ¿Adónde me lleváis? Creo que estáis cometiendo un error —volvió a quejarse, angustiado.

Félix veía por la ventanilla cómo pasaban las calles a gran velocidad. Le entró vértigo, además de sentir una incomodidad desconocida: todavía no había tenido la oportunidad de sentarse con aquellos pantalones; con desagrado, comprobó que la indómita costura se le estaba clavando en la entrepierna.

—Nos debes algo, ¿a que sí? —preguntó con misterio el tipo sentado junto al conductor, volviéndose hacia el asiento trasero en busca de la mirada perdida del recién llegado.

—No comprendo —balbució Félix.

—Que nos debes algo, y tú lo sabes, amigo —insistió el tipo con el mismo aire de misterio, mirando esta vez al conductor—. ¿Verdad que sí, Roberto?

—Eso es —respondió el conductor con voz gangosa, del que Félix solo podía ver la nuca despejada de matón de discoteca y unos ojos estúpidos que le escrutaban por el espejo retrovisor.

—Si te niegas a colaborar, tendremos que refrescarte la memoria —amenazó el que Félix consideraba que debía ser la voz cantante.

—Eso es —repitió Roberto, el conductor.

—Siento de veras no poder ayudaros —el intento de Félix por explicarse se vio interrumpido por un manotazo violento que recibió en el cuello por parte del jefe, después de abalanzarse sobre él levantándose incluso del asiento.

—Estás acabando con mi paciencia, atontao. ¿Dónde tienes la mercancía? —le gritó torciendo la boca en una mueca grotesca.

—Le digo que yo no sé nada, yo solo iba paseando por la calle… —Félix estuvo a punto de echarse a llorar.

El acoso se hizo cada vez más insistente, minando el ánimo, ya de por sí quebrantado, del amante infeliz. Este comenzó a sentir como un agujero en el estómago, un vacío inhóspito que no había experimentado antes, junto a una molesta sequedad de boca que identificó como la antesala de algo parecido a lo que hubieron de experimentar cuantos fueran conducidos a un patíbulo o similar. Le asaltaba este inmundo malestar mientras el coche giraba una y otra vez por calles cada vez peor iluminadas, en busca seguramente de un lugar preciso, aunque desconocido para él. Las acometidas, los acelerones y frenazos subrayaban con determinación el hostigamiento al que se veía sometido.

De repente notó algo sobre su rodilla izquierda. La chica que iba a su lado, y que hizo de cebo, depositó en ella una mano ligera, tan pequeña como si fuera de juguete. Al levantar la vista, Félix comprendió por su mirada que se compadecía de su situación, tal vez lamentaba lo que estaba ocurriendo, de modo que había como una comprensión implícita que desentonaba con la violencia y el sinsentido que empleaban contra él. Llegó a pensar que ella también estaba siendo secuestrada y quería dárselo a entender con su gesto tímido y su fraternal silencio, como en las historias de suspense.

Como si el gesto de la chica fuese la señal que todos estaban aguardando, el que parecía hacer las veces de jefe cambió súbitamente sus maneras de mafioso y dijo en tono conciliador:

—Está bien, amigo. Disculpa por llamarte atontao.

«Si supieras la de cosas que me han llamado hoy», pensó Félix, que a punto estuvo de soltarlo.

—Reconozco que no eres la persona que andamos buscando, ¿no es así, muchachos? —preguntó el jefe.

Nadie respondió salvo Roberto, el conductor.

—Eso es —volvió a decir, como si solo supiera esas dos palabras, que acompañó con una breve carcajada de idiota.

La risa de Roberto contagió al tercero de los hombres que iban en el coche y que Félix tenía a su derecha. Se trataba de un tipo delgado y muy rubio, de rasgos exóticos, como si fuese de origen eslavo. Dio la sensación de reírse sin entender una sola palabra, tan solo movido por el efecto que le causaba la risa de su compinche.

—En realidad, y para serte sincero, muchacho, te vimos tan solitario paseando que decidimos ir a por ti. Mi nombre es Miki, con k —le tendió la mano a Félix.

«¿A por mí? ¿Y lo dices así, que fue porque me visteis tan solitario? ¿Acaso también os compadecisteis de mi tristeza? ¿Se me notaba tanto? ¿Alguien me va a explicar en qué consiste todo esto?», se preguntó Félix mientras condescendía a darle la mano a su vez.

—¿Cómo te llamas, muchacho? —preguntó Miki.

—Félix —respondió.

—Que conste que esto de los nombres es mero convencionalismo para poner orden —advirtió—. Nosotros no creemos en las identidades.

—Has dicho orden, Miki —le recriminó Roberto, el conductor.

—Ah, muy cierto, tampoco admitimos muy bien el concepto de orden, de cierto orden.

—Eso es —respondió, cómo no, Roberto.

Félix no entendía nada. De repente aquellos intrusos se metían con violencia en su triste vida, le exigían de malas maneras algo de lo que no era responsable y, sin venir a cuento, cambiaban el rumbo de las cosas diciendo que se equivocaron de individuo, ¿era eso? Que se fijaron en él, que, a pesar de los nombres, no creen en ellos, o algo parecido. Todo muy comprensible. Mientras tanto, el automóvil continuaba avanzando a través de calles casi vacías, por barrios de los que Félix no tenía noticia de que existieran hasta esa precisa noche.

Hacía rato que la mano de la chica había desaparecido de su vista. Mantenía un mutismo extraño, casi dolorido, mientras no dejaba de mirar por la ventanilla.

—Por cierto, Félix, me encanta el modo en que vas vestido —dijo Miki—. ¿Por qué llevas un conjunto tan singular, muchacho? ¿Te dirigías a alguna fiesta o qué?

—Es una larga historia —atajó Félix—. Solo puedo decir que eres la única persona a la que, por el momento, le ha gustado.

Desde el bolsillo interior de su chaqueta emergieron los primeros compases de una melodía repetitiva que no sonaban a un fraseo musical, sino a los aspavientos de un sonajero o algo parecido. Era el teléfono móvil. Félix sabía de antemano que se trataba de sus amigos. Estarían preguntándose por qué se demoraba tanto. Decidió no contestar. Al presionar la opción de color rojo que le permitía colgar, regresó de inmediato la pantalla de inicio del teléfono; como un reflejo en el agua a punto de desaparecer, ahí seguía la imagen de María, su amor perdido para siempre.

—¿Se puede saber adónde vamos? Si, según vosotros, ya no os debo nada, no tiene mucho sentido que me sigáis reteniendo —explicó Félix.

—¿Crees de verdad que te estamos secuestrando? —preguntó Miki con cierto cinismo.

—Ya me dirás qué es si no. Me introducís en este coche y me lleváis a toda velocidad sin dejarme salir, sin un destino conocido y diciendo cosas del todo incomprensibles.

—Eso es —dijo Roberto, el conductor.

—Mis amigos me acaban de llamar. Supongo que estarán preocupados. Había quedado con ellos y quería darles una sorpresa al ir vestido de esta guisa. Una estupidez —suspiró—. Y no, no iba a ninguna fiesta de disfraces, si es lo que querías saber.

Prefirió callarse lo de que aquellas eran las ropas que habían pertenecido a su padre, un hombre extraordinario que murió joven (no sabía por qué se termina siempre por magnificar a quienes mueren antes de tiempo; aunque, bien pensado, ¿qué podría significar eso de morir antes de tiempo, si el hecho de morir no es otra cosa que una molesta contrariedad que pilla a todo el mundo en el momento más inoportuno?). Por supuesto, tampoco les iba a reconocer que, hablando de morir, en realidad lo que le apetecía era eso: estar muerto. Nada tenía ya demasiado sentido cuando se había perdido el amor (una vez más volvió a contemplarse dramatizando, como el protagonista de su propia telenovela).

—Si eso es lo que crees, muchacho, paramos aquí mismo el coche y te bajas, no hay más —dijo Miki.

—No sería mala cosa —dijo Félix.

—Eso es —apostilló Roberto, el conductor.

—Lo que no me perdonaría es no hacer antes las debidas presentaciones, ¿no te parece? —propuso Miki.

—Si lo crees necesario —dijo Félix.

De uno de sus bolsillos Miki sacó una tarjeta y se la entregó dando golpecitos con el dedo sobre el nombre que aparecía en ella.

—Estás ante una parte insignificante, pero decisiva, de una estructura autogestionaria destinada a cambiar el rumbo de este mundo desde la clandestinidad. Nos hacemos llamar «Los Ausentes» —explicó Miki, que por primera vez puso cara de cierta solemnidad, como para hacerse entender.

—Ajá —dijo Félix, aunque a punto estuvo de soltar un «eso es» a la manera en que lo hacía Roberto, pero le pareció que podía sonar a mofa. Lo que estaba claro, pensó Félix, es que dentro de aquel Peugeot de color negro —con más años de los que había vivido su padre— se concentraban los mayores niveles de idiocia por centímetro cuadrado, por no hablar de locura, de lo que sería esperado encontrar en el resto de la sociedad. Fue entonces cuando Félix no supo si sentirse atemorizado o decidido a dejarse llevar por la despreocupación.

—A mí y a Roberto, nuestro conductor, ya nos conoces. ¿Verdad Roberto? —dijo Miki, dándole a este último una sonora palmada en la ancha superficie sudorosa de la nuca.

En esta ocasión, Roberto no respondió como era habitual en él. Se limitó a reírse y a entrecerrar sus ojos vacíos mientras se volvía brevemente en dirección al asiento trasero.

—A tu izquierda tienes a la dulce Katia, el alma del grupo —al presentarla, Miki bajó la voz, mostrando una leve ráfaga de cálido acercamiento, no exento de algo de malicia—. ¿O no es verdad, cielo?

Tras la pregunta, la chica volvió la cabeza para mirarle con frío desapego. A continuación, miró a Félix, pero esta vez no encontró en los ojos de ella la complicidad de antes, sino más bien un profundo hastío.

De repente, un brusco frenazo empujó con violencia a los cinco hacia delante. Miki a punto estuvo de estampar la nariz contra el salpicadero.

—¿Puede saberse qué haces? Has estado a punto de matarnos a todos —Miki recriminó a Roberto.

—Se me cruzó una anciana paseando a un perro —se justificó Roberto.

—Procura poner más atención —advirtió Miki—, me gustaría terminar de hacer las presentaciones antes de acabar en el hospital.

Después de hacer ademán de arrearle en plena cara con la mano vuelta, prosiguió con lo que estaba diciendo.

—Si finalmente este cabeza de chorlito me deja, continuaré con el último, aunque no menos importante, claro está —Miki miró de soslayo a Roberto, el conductor—. A tu lado tienes a Bola, bielorruso de pura cepa que nos está prestando una ayuda que yo calificaría de inestimable —este último sonrió a Félix y le tendió la mano. Aparte de lo de la ayuda inestimable, que sonaba como a cháchara dirigida a dar coba, tenía su gracia que llamaran Bola a quien parecía la mismísima radiografía de un suspiro, de modo que Félix concluyó que debía de tratarse de un alias, algo muy característico entre colegas, una especie de contracción amistosa de la palabra «bielorruso».

Volvió a sonar el teléfono móvil, pero Félix decidió una vez más que no lo iba a coger. Facu y los demás le iban a ametrallar con preguntas sobre su ausencia aquella noche:

¿qué es lo que le ocurría para tardar tanto? ¿Acaso se había olvidado de ellos? ¿Había encontrado otro plan mejor? Félix no se encontraba precisamente en las condiciones más idóneas para dar explicaciones; además, si lo hiciera, no iban a creerle y, lo que es peor, tampoco sabía cómo iba a reaccionar el incalificable grupo de matones que lo retenía.

Al colgar esta vez, ni siquiera tuvo fuerzas de echarle un último y nostálgico vistazo al fondo de pantalla que tantas ilusiones le había provocado hasta esa noche.

—Por nosotros no lo hagas. Puedes contestar si lo deseas —Miki se mostró condescendiente.

—Eso es —repitió Roberto por enésima vez.

—No importa. Ya colgué —dijo Félix—. En realidad, ya empieza a no importarme gran cosa lo que suceda a partir de ahora —en parte se arrepintió de formular una frase que podía comprometerle.

Katia dejó en ese momento de mirar por la ventanilla e hizo además de mirar a Félix. De todos los miembros del estrambótico grupo, Katia parecía la única a quien merecía la pena prestar alguna atención. De nuevo, Félix creyó que pudiera tratarse, ahora sí, de otra infeliz secuestrada, como lo era él, a la que aquellos energúmenos obligaron a actuar de señuelo como prueba iniciática para formar parte de la banda.

—Si no es mucha molestia, ¿se podría saber adónde nos dirigimos? —preguntó Félix.

—A nuestro cuartel general —respondió Miki.

—¿No vais a vendarme los ojos como en las películas?

Katia rio en silencio sin dejar de mirar por la ventanilla.

—Aún no has tenido tiempo de conocer cuál es nuestro modus operandi. No hacemos lo que se espera de un grupo como el nuestro. Más bien, lo que nos define es la imprevisibilidad —aclaró Miki.

—Ay, madre, esto último sí que no lo entendí —soltó Roberto, echándole un vistazo a Miki. Katia volvió a reír.

—No importa —dijo Miki mientras le ponía una mano condescendiente sobre el hombro al conductor.

Un extraño pensamiento cruzó por la cabeza de Félix: aquellos tipos decían ser imprevisibles; ningún calificativo más adecuado para un día como ese, incluida su decisión de última hora de vestir de un modo tan llamativo que, a buen seguro, habría podido ser, por qué no, la verdadera razón de encontrarse metido en semejante embrollo.

—¿Y qué se espera de un grupo como el vuestro? —se interesó Félix.

—Verás —Miki se movió en el asiento del copiloto como buscando la postura más adecuada; casi estaba vuelto por completo para mirar de frente al interesado.

Félix se temía que le soltase una larga y soporífera perorata.

—Admito que nuestro grupo no puede desmarcarse de estrategias ya conocidas y estudiadas por todos, incluida la política, claro está. ¿Quién es el guapo que se atreve a prescindir de lo que otros revolucionarios hicieron en el pasado? Eso es del todo imposible —dijo Miki.

En ese momento, Félix ya tenía claro que iba a arrepentirse por haberle hecho la pregunta.

—Los seres humanos necesitan utopías —continuó—, es más, estoy convencido de que el ser humano es un animal que produce utopías, genera deseos, es una máquina de invención de mitos. ¿Y sabes por qué, Félix, amigo mío?

Félix no se atrevía a contestar, de modo que solo acertó a negar lentamente con la cabeza.

—Pues te lo voy a decir —Miki se arrellanó en el asiento; adelantó un tanto la cabeza, como quien pretende bajar el tono de voz para contar un secreto que pocas personas conocen—: porque la naturaleza humana está hecha de inquietud. Iba a decir de sufrimiento, que es lo más pertinente, pero lo dejo ahí, en inquietud.

Al decir que lo dejaba ahí, Félix suspiró aliviado creyendo que el discurso había terminado.

—Es por eso que los deseos actúan como lenitivos, que tan solo calman de forma temporal y, lo que es peor, sin afrontar las verdaderas causas de la inquietud humana, de su innato sufrimiento. Porque somos sufrimiento, Félix, recuérdalo —recalcó esto último señalándole con el dedo.

«Este hombre», pensó Félix, «parece que, o me lee la mente, o se me hace tan difícil ocultar que ando destrozado, que se compadece de mí y se dispone a suministrarme la correspondiente sesión de terapia».

—Somos sufrimiento —recalcó—, sufrimiento permanente, si bien, mira tú por dónde, tu nombre viene a desmentirme —volvió a señalarle.

«No se le ocurrirá ahora preguntarme si soy feliz», pensó Félix.

—¿Eres afortunado, muchacho? ¿Te consideras un ser dichoso? —preguntó.

En ese momento a Félix le apetecía echarse a llorar.

—Tanto si lo eres como si no, concluimos que, al menos, eres un ser humano como yo, como este de aquí —señaló al conductor.

—Eso es —respondió Roberto al darse esta vez por aludido.

—Como Bola y como la dulce Katia. ¿Estás de acuerdo, cielo?

La chica continuaba ausente y completamente inexpresiva. Félix se percató de que era la segunda vez que la trataba con un apelativo cariñoso y se preguntó si tal vez serían pareja.

—Y por si hubiese alguna duda sobre si somos seres humanos o no lo somos, desde luego que nuestra apariencia indicaría bien a las claras la certeza de pertenecer a la especie humana. Así que, si somos seres humanos, se deduce pues, sin duda alguna, que los cinco que estamos ahora aquí sufrimos, aunque no sea por idénticos motivos —levantó ambas manos a la altura de la cabeza, como si hubiera hallado una conclusión irrebatible.

En ese momento, Roberto, el conductor, no apostilló con su coletilla habitual las afirmaciones irrefutables de su jefe, sino que anunció a todos que habían llegado al camino sin asfaltar que los llevaría finalmente a su destino. Félix notó enseguida esta circunstancia, pues la matraca de los baches le ocasionaba pertinaces rozamientos de la costura del pantalón en la entrepierna. Ya solo por esto, Félix estaría más que dispuesto a confirmar los argumentos de Miki en relación con la dolorida condición del ser humano.

Una vez más, las melódicas sonajas que emitía el teléfono móvil de Félix interrumpieron la disertación del iluminado jefe de la banda.

—Por favor, contesta —condescendió Miki—. Insisto.

En treinta y siete segundos (es decir, 34 segundos y 65 milésimas más del tiempo empleado aquella misma mañana en besar la foto de María Ortuondo), Félix pretendió resumir lo sucedido desde que saliera de su casa. Desde el otro lado del aparato, la confusión debía de ser tal que no acertaba a despejar todas las incógnitas que se le planteaban, un sinfín de preguntas que no esperaban por su correspondiente respuesta, a medio camino entre el alarmismo y la chanza provocada por la diversión y el alcohol.

—Pásamelo, hazme el favor —con la mano extendida, Miki le pidió a Félix el teléfono.

En ese preciso momento, Roberto, el conductor, detuvo el coche. Anunció que habían llegado. Félix solo veía oscuridad alrededor; a un costado brillaba el fulgor tembloroso de una hoguera y, muy a lo lejos, algunas pocas luces famélicas, como estrellas lejanas de un universo de andar por casa.

—Te repito que está perfectamente... ¿Cómo?... Por supuesto, claro que sí... No, no somos un grupo musical... Para que lo entiendas: somos una especie de asociación clandestina... ¿Una banda terrorista?... Ja ja ja... Los Ausentes, eso es... Si tienes oportunidad, podemos contactar contigo y hablamos de todo esto más despacio... Por supuesto, hombre... —explicaba Miki a través del aparato.

Se bajaron todos del automóvil. Félix seguía al grupo, que se encaminaba en dirección a la hoguera, junto a uno de los enormes pilares de hormigón, decorado con grafitis, que sostenían el arco altísimo de un viaducto.

—¿Cómo?... Ajá, se lo diré, descuida... Hasta pronto. Un placer —Miki concluyó la conversación y le devolvió el teléfono a Félix—. Muy agradable tu amigo. ¿Cómo me dijo que se llamaba?

—Facu —dijo Félix.

—Eso, Facu. Por cierto, me encargó que te dijera que pasó una chica preguntando por ti y que, al ver que tardabas, terminó por marcharse. No obstante, te dejó un recado, por lo visto.

Félix se quedó intrigado el tiempo necesario para caer de nuevo en la cuenta de que se encontraba fuera de lugar. No entendía qué era aquello y, lo que era aún peor, qué hacía él bajo la noche estrellada, en mitad de un descampado que solo invitaba a imaginar los peores presagios y sin posibilidad alguna de regresar al mundo civilizado.

—Reunámonos con los demás, junto al fuego —propuso Miki.

En torno a la fogata estaban arracimados, además de sus cuatro acompañantes del Peugeot negro, media docena de individuos desconocidos con aspecto desarrapado, que Félix intuyó como el resto de integrantes de la banda.

A medida que Miki presentaba con diligencia a los allí reunidos, Félix iba olvidando con idéntica rapidez tanto las caras como los nombres. Solo podía pensar en una cosa: escapar de aquel lugar cuanto antes.

Sus ganas de huir se intensificaron cuando se percató de que unas siluetas siniestras merodeaban a cierta distancia de donde se hallaba la fogata. Aunque no se podía apreciar con nitidez debido a la oscuridad de la noche, todo apuntaba a que se trataba de un grupo de personas que se movían sin aparente coordinación, como seres desencarnados, carentes, por alguna circunstancia desconocida, de la parte más sustancial de su condición de seres humanos. Al revés del modo en que actúan las fieras, saliendo despavoridas ante la amenaza que la presencia del fuego puede suponer para ellas, algunos de entre aquella especie de oscura comitiva de muertos vivientes se aproximaban, movidos por una supuesta curiosidad que desmentían sus ojos carentes de vida.

Félix se estremeció con un escalofrío al comprobarlo en uno de aquellos seres con el que casi tropieza, empecinado en caminar en línea recta con unos pasos vacilantes que parecían no obedecer a ninguna forma de deliberación consciente.

—No te asustes, muchacho, no te hará nada —Miki tranquilizó a Félix—. No son más que pobres politoxicómanos, adictos a cualquier sustancia. Son inofensivos —aclaró.

En un gesto de camaradería, Miki pasó su brazo sobre el hombro de Félix y le buscó un hueco junto al fuego. Se sentaron.

—Este es el lugar elegido, nuestro cuartel general que, como habrás podido comprobar, se encuentra en mitad de la nada, cubierto tan solo por las estrellas —explicó Miki, que hablaba enfocándose en Félix, pero con el tono y la intención de quien desea ser escuchado por quienes tenía alrededor—. No es gran cosa, aunque de aquí sale todo. Este es el mundo en el que reina la espontaneidad, como has visto con el yonqui que a punto ha estado de arrollarte. Es por eso que nos apetece estar entre ellos —estiró los brazos indicando al frente, con las palmas de las manos vueltas hacia arriba mientras el conjunto de los asistentes afirmaba con la cabeza—, los auténticos desposeídos, revolucionarios a su pesar, los más deshumanizados de entre quienes nos consideramos civilizados. Esto es el sufrimiento, Félix, muchacho —impostó un tanto la voz—, el sufrimiento al que nos referíamos hace un rato mientras veníamos hacia aquí, ¿recuerdas? Ellos son la manifestación más pura del sentir de los ausentes, porque ellos sí que son los verdaderos ausentes, y es por eso por lo que los tenemos siempre presentes —bajó la voz como dando a entender la profundidad que encerraba el retruécano, ese feliz juego con las palabras.

»En realidad, ser adicto es como ser un adepto —prosiguió—. Ellos nos enseñan a ser secuaces, nos muestran el camino de la auténtica lealtad. Bien es verdad que, por qué no decirlo, han errado el camino; míralos, ajenos a todo propósito, sin rumbo que seguir, desprendidos de toda identidad, sometidos, lo admito, a la tiranía de las sustancias, da igual la que esta sea, pero resueltos saboteadores de todo orden social, así como del encadenamiento que supone la identificación individual.

Además de la humedad reinante, que se le iba colando a través de la tela de la camisa floreada, y de que no entendía gran cosa de lo que Miki peroraba, a la manera como lo haría un predicador callejero, Félix comenzó a tener la sensación de estar soñando una escena de pesadilla que no se desvanecería ni aun despertándose de repente en mitad de la madrugada. O eso, o estaba asistiendo al rito de iniciación de una secta del que él formaría parte en cualquier momento como nuevo integrante o, lo que aún sería peor, como chivo expiatorio. Le dio por pensar que a lo mejor todos los yonquis que pululaban como zombis entre matojos y montones de inmundicia habían sido hasta hacía poco inocentes criaturas que, como un día él, confiaron de buena fe en aquella gente hasta convertirse en tristes fámulos de una cofradía de tarados.

—Hemos de decirlo claro, amigos —continuó Miki con su alucinado discurso; para lo cual se puso en pie, ofreciendo la impresión de ser ese líder carismático y vehemente que se ocultaba detrás de un carácter sosegado y amable. Fue entonces cuando se presentó a la vista de todos como un oráculo desbordado de misticismo, a lo que contribuían las sombras de la noche y el continuo ulular de los automóviles cruzando sobre las alturas de la bóveda de hormigón del viaducto infinito—. Es nuestra obligación gritar a los cuatro vientos que ha llegado el momento de la gran purificación. No nos duele en prendas admitir que somos la continuación de la venerable tradición revolucionaria sin la cual hoy no estaríamos aquí, siempre enardecidos, con el alma en permanente disposición y los corazones generosos.

Se escuchó un murmullo de aprobación entre los presentes.

—¿Qué seríamos sin ellos, sin Godwin, sin Max Stirner, sin Proudhon o Kropotkin, sin el inmenso Bakunin? —enfatizó cada uno de esos nombres con el movimiento de sus puños—. Ni dejamos de tenerlos presentes ni tampoco se nos escapa el duro trabajo que nos queda por hacer. Nuestro anarquismo, queridos amigos de hoy y para siempre, es la fase definitiva y final, el impulso que nuestros antecesores no pudieron culminar y que nosotros hoy, en el siglo veintiuno, estamos preparados y en condiciones de cargar sobre nuestras sacrificadas espaldas. Somos los profetas de los últimos días y vamos a hacer sonar, más pronto que tarde, las trompetas del apocalipsis. Porque encarnamos el auténtico nihilismo y estamos rebosantes de poesía, esa gran desheredada de la tierra y que, para nuestras aspiraciones, no deja de ser aquello para lo que la poesía ha sido concebida: pura nitroglicerina —hizo una breve pausa inclinando la cabeza.

»Se avecina la era de la aniquilación total. Por eso, si de algo puede aplicarse con todas las de la ley el calificativo de totalitario, ese algo es, sin duda, el anarquismo poético y nihilista que nosotros representamos —una vez más, brotaron los murmullos de aprobación—, y lo hacemos a mucha honra. Nadie podrá reprocharnos jamás que no fuimos transparentes en nuestro propósito; nadie dirá que no nos mantuvimos firmes en nuestra idea; y nadie, que no hemos sido tan valientes ni tan generosos como para poner en entredicho nuestra reputación, a la que vilipendiamos como un fruto podrido de la sociedad burguesa, nuestro propio beneficio y hasta nuestras mismas vidas —sonaron aquí los primeros aplausos.

»Totalitarios porque vamos a acabar de una vez y del modo más eficaz con la humanidad entera. Porque, aunque ella no lo sepa, atiborrada por doquier con distracciones inútiles, aspira en su profundo sentir tan solo a una cosa: a ser desposeída de su condición de humanidad sufridora, atenazada para siempre por el dolor de ser sin que exista un para qué. Libraremos por ello a este planeta del único sufrimiento del que cabe ocuparse, el sufrimiento de la consciencia humana. Para ello hay que arrasar con fuego cuanto se han encargado los siglos de levantar, allanar, construir, cimentar… sin que todo eso no sean más que inútiles tentativas del vacío, el único vencedor de este mundo.

»Por todo ello, la anarquía capaz de enarbolar la poesía nihilista y definitiva se va a encargar de eliminar el último reducto del ser; llegaremos hasta el corazón del Espíritu Absoluto para hundir en él la espada de todo nuestro desprecio en nombre de una humanidad que no sabe aún desear lo que nosotros ya estamos dispuestos a acometer. Veo ya el fin de toda dialéctica, el fin del tiempo y del movimiento hacia alguna meta, la aniquilación de todas las direcciones posibles, así como la superación definitiva de toda tesis, de toda antítesis y de la ilusoria y maquinadora síntesis final. ¡Este es el camino, camaradas, acabemos de una vez con este mundo!

El grito final sonó en los oídos de todo el grupo como una llamada a la acción y la aceptación incondicional de unas ideas tan absurdas como incendiarias, pero que todos celebraron con sonoros aplausos y con gritos entusiastas.

—¡Eso es, eso es, eso es! —vociferó fuera de sí Roberto, el conductor.

Aprovechando que todos los presentes se abrazaban (hasta uno de aquellos pobres yonquis aplaudía abriendo mucho su boca sin dientes), conmovidos y electrizados por una misma corriente de unión fraternal, Félix se acercó a Miki por detrás, aprovechando que se encontraba eufórico por el discurso, incapaz por ello de abandonar en el mejor momento su generoso ofrecimiento de últimas consignas y parabienes, aderezados con fuertes apretones de manos y golpes fraternales en la espalda.

—Necesito regresar, Miki —susurró Félix con cierto temor.

Miki se volvió con cara de no saber qué le estaban diciendo.

—Ah, eres tú. ¿Qué te ha parecido, muchacho?

—¿El qué?

—Pues el discurso, nuestras ideas, ¿qué va a ser? —dijo Miki.

—Muy elocuente —fue lo único que se le ocurrió decir a Félix.

—¿Elocuente? Diría que ha sido mucho más que eso, muchacho. Espero que al menos te haya aclarado las ideas —le tocó con el dedo índice en mitad de la frente—, porque, en lo que a nosotros respecta, ya estamos más que convencidos de cuál es la misión en la que por ahora estamos embarcados.

—Se nota que lo estáis —admitió Félix.

—Y si tienes alguna duda, ya sabes dónde nos puedes encontrar. No te olvides de nosotros, ¿de acuerdo?

—Ten por seguro que no me voy a olvidar.

Mientras hacía reposar su mano en el hombro de Félix, Miki buscaba con la mirada moviendo la cabeza en todas direcciones.

—Katia, ¿alguien sabe dónde está Katia? —gritó Miki.

De entre las sombras salió la muchacha como si fuera un espectro. Su figura angelical y menuda arrastraba su habitual melancolía, avanzando lentamente entre los exaltados miembros del grupo.

—Estás aquí —se percató Miki—. Félix quiere dejarnos. Pero solo por ahora, ¿no es cierto?

—Cierto —respondió Félix.

—Estaba pensando en que podías coger el coche y acercar a Félix hasta donde él te indique, ¿de acuerdo? —le sugirió Miki a Katia.

—Está bien —dijo ella.

Mientras Katia iba a pedirle las llaves del coche a Roberto, el conductor, Miki tuvo ocasión de darle a Félix algunas explicaciones someras acerca de cómo los Ausentes entendían la estrategia basada en acciones violentas e inesperadas, así como el porqué del nombre, en apariencia tan poco revolucionario.

—Muy pronto te enterarás por la prensa de nuestros primeros movimientos tácticos —advirtió Miki—. Estamos preparados para cualquier eventualidad y necesitamos a personas audaces como tú.

—Lo tendré presente —dijo Félix sin demasiado convencimiento, no solo porque era incapaz de verse a sí mismo actuando como un alucinado terrorista, sino además porque no se tenía precisamente por un ser dotado de audacia.

—No veo llegado el día en que todo esto vuele por los aires —dijo Miki apuntando con el brazo extendido hacia el enorme pilar sobre el que se alzaba el viaducto.

En ese momento llegó Katia con las llaves del coche. Ayudándose del haz de luz que arrojaba una linterna, caminaron hasta donde se encontraba aparcado el viejo Peugeot. Antes de introducirse en él, todavía pudo Miki lanzar en la distancia su última consigna mientras levantaba el brazo como en un gesto de despedida:

—Y recuerda, muchacho: estamos en la era de la aniquilación total.

El eco de sus últimas palabras flotaba aún mientras el coche emitía los estertores propios de una antigualla a punto de dejar para siempre de rodar. Como es natural, el coche carecía de cinturones de seguridad y también de reposacabezas; el volante parecía el de un camión y la pequeña Katia apenas asomaba sus nublados ojillos por encima del salpicadero.

Resultaba incómodo el silencio entre ambos, roto tan solo por los continuos quejidos que emitía la cansada carrocería. Los baches volvieron a hacer de las suyas; Katia era incapaz de esquivarlos y se los tragaba todos, de modo que a Félix se le clavaban en sus partes, uno detrás de otro, a través de la correa de transmisión de la costura de los pantalones. A juzgar por el escozor que sentía, estaba convencido de que se le había hecho una llaga.

Le resultó de mal gusto incluso pensar en la posibilidad de hablar de esto con Katia, así que decidió tirar por otro lado.

—¿No crees que exageran un poco? —le preguntó con cautela a la chica, sabiendo que ella también formaba parte de esa turba de lunáticos.

Katia se mantuvo en silencio, concentrada tan solo en la carretera y agarrada al volante como una niña que sostiene muy seria su hula hoop.

Después de atravesar un último descampado en el que se agrupaba un puñado de casas pequeñas y un par de naves industriales, comenzaron a verse las primeras luces de la ciudad. Hasta ese momento, Félix no se había percatado de su cansancio ni tampoco del verdadero calibre de la insensatez de cuanto había vivido aquella noche. Aunque se miraba con cierta compasión, podía decir que se sentía contento al regresar a un mundo que le era familiar.

—Miki y tú… —casi susurró Félix, con temor, mirando a la pequeña conductora.

—Miki y yo, ¿qué? —respondió al fin con cierta aspereza.

—Noté el modo cariñoso que utilizaba cuando se dirigía a ti —dijo Félix.

Volvió a guardar silencio, agarrándose con más fuerza al volante. Le envió a Félix un breve vistazo con sus ojos melancólicos.

—Tuvimos claro desde el principio que hay cosas que no deben interferir en una misión que no le pertenece a nadie en particular, sobre todo porque es cosa de todos. En realidad, no hay más empresas que las colectivas —explicó.

—Hablas como él.

—Soy él —concluyó Katia.

—¿De verdad pretendéis acabar con este mundo?

Katia frenó delante del disco rojo de un semáforo.

—No solo lo pretendemos, sino que lo vamos a lograr —de repente, Félix comprobó cómo la mirada triste de la chica se había esfumado; en su lugar brillaba una llama de febril entusiasmo.

—Pero eso es casi imposible, además de inapropiado. Una locura, vaya —objetó Félix.

—Para él no hay nada imposible. Es como fuego purificador.

—¿Él?

—Miki —Katia dijo su nombre y se le entreabrieron un tanto las aletas de la nariz—. ¿Sabías que proviene de una familia noble? Su padre es conde o algo así.

El ronquido del motor hacía temblar el habitáculo del automóvil mientras esperaban a que el semáforo se abriese.

—Como su admirado Bakunin, cuyo padre era un terrateniente ruso —dijo Katia.

—¿Quién?

—Bakunin, Mijaíl Bakunin. ¿No lo conoces? —aquella fue la segunda vez que Félix escuchó a Katia reírse.

Dicho de esa manera, Félix se imaginaba al tal Bakunin como si fuera un super espía de la Corona británica, algo así como el mismísimo James Bond, vestido con esmoquin y rodeado de preciosas mujeres. Tal cual se lo dijo a Katia, que casi lloró de la risa.

—No, hombre. Se trata del gran referente del anarquismo mundial —explicó—. Se me hace muy extraño que no le conozcas.

—Pues no, no tengo el gusto —admitió Félix.

—Como para hablarte entonces de Rudi Dutschke. O de Unabomber —volvió a reírse, y fue entonces cuando Félix sintió el desvarío de alcanzar a comprender la profundidad de la que emanaba su hermosura.

—¿Una… qué?

—Déjalo.

—¿Y dices que el tal Mijaíl es vuestro jefe y que vive en Rusia? —insistió Félix.

Katia volvió a estallar en carcajadas, que a duras penas le hicieron percatarse de que el semáforo se había puesto en verde.

—Bakunin ya murió; hacia 1876, si no recuerdo mal —informó Katia—. Miki se hace llamar así en su honor, aunque reconoce que el nuestro es un anarquismo del que el propio Bakunin abominaría de estar aún vivo.

—Entiendo.

Félix recordó entonces que, en su para él incomprensible discurso, Miki había mencionado a algunos personajes de los que nunca había oído hablar. Al final, todo se mezclaba en su cabeza y se le volvía confuso.

—Puedes dejarme aquí mismo —sugirió Félix.

Con el coche estacionado junto a la acera, se despidió de Katia colocándole afectuosamente la mano sobre el hombro.

—Te deseo mucha suerte. También a Miki; aunque no estoy muy convencido de querer que el mundo sea aniquilado. Me va la vida en ello, ya sabes —dijo con ironía.

—Se necesita tiempo para comprender lo que este mundo necesita —concluyó Katia con los ojos entornados, que volvieron a recuperar su natural tristeza.

En medio de la calle vacía de gente y de automóviles, quiso Félix decirle que no era preciso ser tan contumaces, que aquella no debía de ser ni la única ni la mejor de las soluciones y que, en todo caso, al menos el sufrimiento poseía la facultad de sazonar el tinglado este de la vida; de lo contrario, además de inútil, no pasaría de ser un mero entretenimiento bastante insípido, por lo demás.

Decidió, en su lugar, permanecer callado y quieto como un pasmarote. Se limitó a levantar la mano en señal de despedida.

El achacoso Peugeot negro ya estaba en movimiento, emitiendo toses y quejas lastimosas, cuando Katia aún tuvo tiempo de bajar la ventanilla y gritar:

—Que conste que no me desagradan tus pintas.

No pudo Félix responderle en ese momento, entre otras cosas porque el coche enfilaba ya la avenida desierta, pero sobre todo porque no entendió bien la última frase. Después de los vaivenes que durante todo el día y la noche se habían acumulado en su cuerpo —más bien en su lacerada entrepierna—, no acertó a saber si ella le dijo lo que él creyó que le dijo acerca de sus pintas, o todo lo contrario.

Se empezaba a percibir cómo la oscuridad del cielo se diluía levemente en tintes azulados, anunciando la llegada, todavía tímida, del amanecer.

Dentro de Resplandores solo quedaba un puñado de borrachos revoloteando cerca de la barra, además de dos cuerpos arrumbados en una esquina. Félix reconoció enseguida a uno de ellos: era Facu, mientras que el otro le era del todo desconocido.

—¡Félix! ¡Por fin! ¿Eres tú, amigo? ¿Ya te soltaron esos zumbados? —gritó Facu desde el fondo del local.

—No me digas que me has estado esperando aquí toda la noche —dijo Félix.

El desconocido que acompañaba a Facu resultó ser un borracho que, a duras penas, se alejó de los dos amigos; parecía lo suficientemente lúcido como para entender que su presencia allí sobraba.

—Eso solo se hace por una novia —advirtió Félix.

—Para novias estoy yo —se lamentó Facu—. Por cierto, ¿has visto cómo vas vestido? Pareces un adefesio. ¿Acaso los de la secta esa te han ordenado que te vistas así como prueba para ser admitido?

—Si me pongo ahora a contártelo todo, no acabo.

—Joder, chico, lo tuyo sí que es un misterio, y menudo susto nos diste —dijo Facu—. No, en serio, ¿te han captado esos flipados, o qué? Después de llamarte varias veces, por fin hablé con el tal Miki, un alucinado de cojones. El caso es que no me cayó mal del todo, el tío.

Félix se había pedido un café solo. Al llevárselo a los labios comprobó que estaba tibio, al tiempo que parecía como si lo hubieran servido mezclado con el agua sobrante del fregadero.

—Además, esto —murmuró Félix señalando el interior de la taza—. No sé cómo decirte. Es todo demasiado alucinante. Las cosas se torcieron desde el principio. Lo demás vino rodado. Un despropósito, en una palabra; hubo momentos en que creí que la cosa podía acabar mal, pero muy mal, no creas.

—¿Cómo lograste escapar? —se interesó Facu.

—En realidad, tampoco es que necesitara escaparme porque no tuve la sensación de estar retenido ni nada de eso.

—Qué extraño, tío —suspiró Facu—. Pero estás bien, ¿no?

—Perfectamente. Solo algo cansado, además de escocido por estos pantalones que fueron de mi padre.

—¿Vienes de muy lejos?

—Ni yo mismo sé dónde he estado —reconoció Félix—. Lo mejor es que me han traído en coche. Me acaba de dejar aquí mismo la novia de Miki. Mañana te lo explicaré todo con calma.

—Así que con choferesa y todo. ¿Pero un loco como ese puede tener novia?

—Por lo visto, sí.

—Suerte que tienen algunos —se quejó Facu—. Lo de Lorena no sé si va a funcionar, y eso que me puse mis calzoncillos de la suerte, ya sabes.

Félix sonrió mientras le daba el último sorbo a su café destemplado.

—Como un tren, está como un bendito tren de mercancías, y no niego que me gusta una barbaridad —se sinceró Facu—, incluso hasta tonteamos un poco y me pareció que me daba alguna esperanza. Pero de vez en cuando se ausentaba. Estoy convencido de que lo hacía porque no dejaba de pensar en ti, ya te lo dije, esas cosas se notan a la legua.

Decidieron pagar y marcharse. Del grupo de borrachos que había al entrar, ya solo quedaban dos con la cara mustia y el gesto desapacible; aún hacían esfuerzos por mantener una cordialidad impostada. La dueña les anunció que iba a cerrar y que debían marcharse.

Afuera, un automóvil a gran velocidad se empeñó en romper el silencio de lo que quedaba de madrugada con un agudo y continuado estruendo, mientras en el cielo violáceo asomaban las primeras luces frías de la mañana.

Los dos amigos parecían desplazarse por las calles vacías con estudiada lentitud. Al llegar junto al portal donde vivía Félix, se despidieron con esa indolencia insomne que acostumbra a pasar por alto toda deferencia.

—Casi se me olvida —dijo Facu en el último momento—. Cuando hablé con el tal Miki por teléfono, le expliqué que estuvo en Resplandores una chica que preguntaba por ti. No sé si te lo dijo.

—Sí, me lo dijo —confirmó Félix. Sin saber por qué, experimentó un chispazo helándole en su recorrido el centro de la espalda.

—Una rubia muy mona, la verdad sea dicha —explicó Facu—. Parecía asustada, algo nerviosa. Le dije que aparecerías en cualquier momento, así que estuvo esperando sentada en una mesa aparte. ¿Quién iba a pensar que andarías luciendo palmito por ahí y que no llegarías hasta el amanecer?

—¿Te dijo cómo se llamaba? —se interesó Félix, que se quedó con ganas de saber si, además, el color rubio de su pelo era matizado.

—No, eso no. Como veía que tardabas más de la cuenta, escribió una nota. ¿Dónde la he metido? —rebuscó en todos los bolsillos hasta encontrarla en el interior de la chaqueta—. Aquí está. Me dijo que te la diera sin falta, que era importante. Después se marchó, que es lo mismo que voy a hacer yo ahora mismo.

Giró sobre los talones y, sin mirar atrás, se despidió con una última recomendación:

—Descansa y cámbiate de ropa. No pienso andar contigo por ahí vestido como si fueras un espantajo.

Que el pecho le sonara en aquel instante como un tambor no se debía a la enésima vez que Félix había sido desacreditado por su particular manera de entender la moda con los más variados epítetos, sino porque su fina intuición le mandaba señales inequívocas de que en aquella nota que temblaba entre sus dedos podía encontrarse el sentido a aquella noche tan intensa.

Del mismo modo en que lo haría un actor de telenovela, procedió a llevarse la misiva al pecho y, cerrando los ojos, volvió a poner cara de pasmado mientras miraba a las alturas y se encomendaba, no sabía si a su padre o al mismísimo Hércules revestido con la salvaje grandeza del león de Nemea.

Esperó a abrir la nota en el interior del ascensor, donde el corazón retumbaba con un eco distinto y le lanzaba la sangre helada como un disparo golpeándole las sienes.

«Te estuve esperando para disculparme en persona. Ojalá que lo que pasó esta tarde no haya sido la causa de tu ausencia. Que sepas que me avergüenzo del comportamiento imperdonable de Manu.

Por si te sirve de consuelo, agradezco el interés que me demuestras cada día en el trabajo. Tu nota me emocionó. Solo espero que no dejes de verme como lo has estado haciendo hasta hoy.

Un beso.

María.

P.D.: No sabía que los sábados salieras vestido como para una fiesta. Aunque no es el estilo que me gusta, reconozco que estabas muy gracioso. Ja ja ja».

Qué dulce sensación la de imaginar su risa, más si cabe cuando no había tenido oportunidad de haberla escuchado reír nunca. Habría jurado haberla percibido en toda su sonoridad, acompañada del movimiento espasmódico de sus hombros, mientras leía la onomatopeya del final, y el conjunto no dejó de parecerle una cosa enternecedora.

Permaneció apoyado con aire distraído, sosteniendo la nota mientras releía complacido una y otra vez cada una de sus líneas; así estuvo un buen rato, sin percatarse de que no había presionado el botón del ascensor.

Ya dentro de casa, le asaltó esa sensación de espera, el ambiente algo turbio y melancólico que antecede a la aparición de un nuevo día.

No esperó a entrar en su habitación para desvestirse; lo hizo en el vestíbulo, como quien sigue las pautas de un ritual. Por cada una de las prendas de las que se desprendía, ofreció su particular homenaje y, a continuación, las iba dejando en silencio sobre la silla de la entrada, dobladas con esmero. Hasta cierto punto se sintió estúpido al verse allí parado y en paños menores, como si merodease a su alrededor una súbita felicidad de la que no era capaz de hacerse cargo. Se ensimismó pensando en la opinión suscitada por aquella osadía suya de ir vestido como si estuviera en los años setenta: apenas acababa de dejar a la pequeña Katia de regreso al «cuartel general» bajo el viaducto, y no pudo entender del todo sobre si el conjunto le disgustaba o no. En lo referente a la desconocida Lorena —de quien no tenía noticia alguna salvo las alusiones que de ella había hecho un Facu desengañado—, habría sido divertido comprobar cómo su supuesto interés por él se desvanecía de golpe al verlo irrumpir aquella noche en Resplandores vestido como uno de los miembros de los Bee Gees acompañado de unos suculentos michelines.

Sin duda alguna, prefería la risa conmovedora de María Ortuondo, aun cuando, según sus palabras, le pareciera que iba ataviado para una fiesta (una fiesta de disfraces, imaginaba) o sencillamente le resultara gracioso. ¿Qué habría querido decir con eso?

Procurando hacer el menor ruido posible, y antes de que su madre se levantase a hacer el desayuno para todos, se introdujo bajo el agua lustral de la ducha. Esta resbalaba a lo largo de su cuerpo lacerado por el inmisericorde roce de las costuras, deparándole la consiguiente y ansiada reparación. Delante del espejo se preguntó de un modo pueril si le convendría adelgazar un poco y, de este modo, parecerse un tanto a la esbelta figura de su padre.

Finalmente se deslizó debajo de las sábanas de la cama. No lo hizo para buscar la inmediata y apacible acogida del sueño, pues sabía que le iba a resultar imposible dormir. La nota de María volvía a darle las tímidas esperanzas que necesitaba y que aumentaban su fervor con cada nueva lectura. ¿Sería cierto? ¿Las desavenencias con Keanu Reeves se habrían vuelto tan insuperables que la relación habría quedado por completo dañada, incluso mejor: rota? Lo más conmovedor, sin duda alguna, era esa invitación suya a continuar teniéndola presente del modo en que ella sabía que Félix la tenía presente. Lo que ella no sabía era que, en lo relativo a ese particular, y pasase lo que hubiese de pasar, no tenía intención alguna de dejar de amarla.

Mientras las luces de la mañana se filtraban a través de los visillos dibujando en la pared unos trazos lívidos, se vio de nuevo como un actor de telenovela con gruesas cadenas y oropeles colgados del cuello, pensando en todas estas cosas y mirando arrobado la fotografía de su teléfono móvil.

Un movimiento amortiguado se ocultó de repente bajo la cama. Solo fue una impresión, corroborada por la leve sombra primero, el ronroneo justo después. Tal vez Pushkin se había aventurado en busca del calor que Félix desprendía, demasiado conocido por su instinto felino, mas envuelto en los enigmas propios de los humanos. No tardó en mostrarse más afable de lo habitual, y se dejó acariciar.

—Mi gatito de Angora, mi fiel Pushkin —le susurró Félix, acercándose con sigilo a su oreja.

No le cogió por sorpresa que Pushkin eligiese un día como aquel para ponerse, una vez más, a recitar. Lo inédito fue que brotasen las palabras en un correcto español, al principio solo como un balbuceo estéril de difícil comprensión; de inmediato se apreció la modulación de un verso endecasílabo repetido con sentimiento felino en tres momentos distintos: «Que no le traiga pena este amor mío», dijo.

El guiño no dejó de tener su gracia: se trataba de un verso de su tocayo Aleksandr Pushkin.

Por esta vez no sería necesario ir en busca de la interpretación de Dimitri, aunque, como buen conocedor del comportamiento del gato, sería interesante saber su opinión acerca de la parte de la obra del gran poeta romántico ruso escogida para tan apropiada ocasión.

Ese brillo que se aleja

Una cosa era confiar en el azar procurado por la mano al lanzar un dardo contra el mapa extendido de los Estados Unidos, y otra, bien distinta, la realidad. En efecto, acabé en aquel grandioso país de largas y rectilíneas fronteras porque así me lo había propuesto, aunque no donde en principio esperaba. Exactamente a mil trescientas cincuenta millas de distancia del lugar donde, por segunda vez, el dardo había decidido impactar (puestos a recordar, el primero me situaba en el océano, para ser precisos, en el Atlántico, muy cerca de Big Pine Key, en los cayos de Florida, un lugar por lo demás bastante recomendable, al parecer).

Llegué a Willcox, en Arizona, movido por otro oscuro azar. Recuerdo haber depositado las maletas sobre la cama de un motel aseado y, a continuación, haberme arrepentido de haber dejado todo atrás, como si fuera un proscrito. A través de la ventana miraba el coche de alquiler que me había traído hasta ese recóndito lugar, de un gris plateado semejante al color que iba adquiriendo la parte baja de las nubes. Después de todo, tenía la sensación de haber entrado con buen pie en el país, ejerciendo ya de norteamericano prototípico. Al tiempo, me tenía que esforzar, no obstante, para hacerme a la idea de estar viviendo la escena de una película o de uno de los cuentos de Hemingway o Carver. No era tan fácil ponerse en situación, de modo que, sobre este particular, vivir en Estados Unidos no tenía por qué ser diferente a vivir en cualquier otra parte del mundo, sin esa necesidad de estar sometido permanentemente a una mitificación creada por el cine y la literatura.

Al margen de esto, no diré que fue fácil adaptarse. Nunca resulta fácil encontrar el hueco adecuado a tus esperanzas en un país extraño, más si cabe cuando no sabía qué esperar de mi propia vida. Hubo que hacerse con el correspondiente permiso de residencia. Hasta el momento de encontrar el trabajo en la fábrica de embalajes, vagué durante horas, días enteros en los que no fue difícil vaciarme de nostalgias. Quién sabe si no iría adquiriendo otras nuevas.

—No es corriente ver pasear a la gente por aquí —me dijo en una ocasión el señor Collingwood.

Como uno de los personajes de Joseph Roth, hacía el recorrido que iba desde la estación de ferrocarril hasta el pueblo. Admito que me gustaba contemplar el alineamiento de las casas y, solo al principio, me preguntaba por la singular disposición de las fachadas y la anchura de las calles. Los porches de madera atenuaban el calor en las horas centrales del día, cuando el sol aplastaba contra el asfalto todo aquello que encontraba bajo su dominio.

La frase del señor Collingwood adquirió su verdadero sentido cuando, aún en abril, las temperaturas superaron ese año los cuarenta grados. Al otro lado de los raíles, los elevadores de grano emitían su zumbido característico y parecían desmaterializarse en la lejanía a causa del calor. Enseguida aprendí a buscar las horas más benignas en las que soplaba la brisa algo más refrescante del desierto.

Mi oficio no consistía, al menos al principio, en otra cosa que mirar. Eso fue lo que me dijo Louise que le gustaba de mí, una mirada que, según su expresión, al menos no resultaba hiriente, no se entrometía. Eso y mi cara de niño. Casi estoy escribiendo, palabra por palabra, lo mismo que en su día le iba relatando a Jorgito por carta, o a través de alguna que otra llamada telefónica. Por su parte no recibí más allá de un par de misivas en las que se admiraba de mi decisión de haber viajado tan lejos; me recomendó también que visitara algunas ubicaciones que sirvieron de escenarios naturales para algunas películas clásicas del oeste. El tiempo se encargó de diluir nuestra por entonces tibia relación y, por supuesto, ni siquiera intenté encontrar los lugares de los que me hablaba.

A Louise la vi por primera vez de regreso de la fábrica. En realidad, ni reparé en ella por algo en especial. En aquel momento bajaba algunos bártulos de una furgoneta Ford de un color rojizo parecido al óxido, cubierta en su mayor parte de polvo del desierto, para meterlos a continuación y con cierto apresuramiento en casa. No me fue difícil identificarla como la camarera que trabajaba en el bar de un tipo llamado Bill, el dueño, un hombre bajito, moreno y de aspecto lúgubre (nunca le escuché nada respecto a su origen, pero su acento lo delataba como mexicano, así como el cambio en su semblante, más apacible cada vez que me escuchaba decir alguna palabra en español). Supe que era ella de un modo intuitivo. No se trataba de una mujer particularmente guapa; lucía además un corte de pelo masculino que le dejaba la nuca al descubierto. Además, según su propia impresión, repetía casi con cierta sorna que le sobraban algunos kilos, que estaba empezando a dejar de ser esa mujer joven que jugaba todo el día a parecer despreocupada.

Después de que ella indagara acerca de los motivos que me llevaron a dejar mi antigua vida para acabar en un pueblo remoto como aquel, vino luego lo de mi manera de mirarlo todo «como si fuera un detective». Le respondí de repente que mejor que hubiera identificado mi forma de mirar con la de un escritor.

—Ya me dirás tú cómo puede una reconocer a un escritor —bromeó.

Entre risas se adentró en la cocina en busca de mis huevos revueltos con patatas fritas.

Al mes de aquel primer encuentro, comenzamos a vivir juntos; fue entonces cuando, tumbados sobre la cama, apenas cubiertos por una simple sábana, acostumbraba a pasar sus dedos alrededor de mis ojos y, recorriéndome las mejillas, me susurraba con una seguridad desconcertante que aún conservaba mis facciones infantiles, y eso que ni siquiera tuvo la oportunidad de ver ninguna fotografía de cuando yo era niño.

Me explicó que su casa había sido un antiguo almacén de todo tipo de enseres. La extraña distribución interior lo confirmaba, sin casi muros divisorios, así como el rótulo en la fachada, apenas desvanecido por el paso del tiempo. Por su parte, Louise se obsesionaba por mantener las ventanas abiertas de par en par durante todo el año; decía que los olores añejos (sobre todo, siempre según su versión, debidos a la presencia constante de salmuera y de productos para la limpieza) estaban aún rezumando desde la época en que se acumulaban las mercancías, apiladas en columnas que llegaban al techo.

Con ella vivían sus hijos: un niño llamado Ed, de nueve años, y la pequeña Tanita, de seis. En realidad, Louise seguía casada con el padre de sus hijos, Tedy, un alcohólico y fumador habitual de marihuana, un tipo alto, muy rubio, y tan delgado que bien podría haberse colado entre los barrotes de la prisión del condado donde estuvo en un par de ocasiones. Con frecuencia lo encontraba rondando cerca de casa con un aire de hombre triste que arrastra sobre sí una inmensa pesadumbre.

Por lo demás, todo fue bien junto a Louise y sus hijos. Quiero decir que nunca había pensado en formar una familia, y mucho menos así, de la noche a la mañana, y el cambio repentino no supuso graves problemas. En realidad, Louise tenía la sorprendente habilidad de hacer las cosas fáciles. No estoy seguro de si vio en mí el rastro de algún temor indefinido que me impedía actuar con la extroversión que manifestaban los hombres que acudían al restaurante de Bill, o puede que solamente se hubiese enamorado de un español sin gran cosa que hacer, sin ningún porvenir y con una cara aún demasiado aniñada.

—No es bueno que tu cama permanezca vacía mucho tiempo —me confesó.

Lo demás vino rodado. Había pasado de mi habitación solitaria, repleta de lecturas y cuadernos manuscritos, pasando los anodinos días de mi vida junto a una madre viuda, todavía joven, a asumir las responsabilidades propias de un padre y un marido.

Muchos días regresaba a casa cuando ya comenzaba a ponerse el sol, con la nariz insensibilizada a consecuencia del olor acre de los embalajes de cartón, de la sosa cáustica y la goma para encolar el papel.

Cuando no me lo impedía el cansancio, antes de empezar a cerrar los ojos, recostado junto a las carnes rollizas y blancas de Louise, creía haber cumplido sin esfuerzo alguna clase de deseo de infancia. Quien lo había conseguido con naturalidad había sido la propia Louise, y a continuación me lo ofrecía con su peculiar desenvoltura y una innata generosidad. Aunque no estaba del todo seguro acerca de si estaba enamorado de ella, sin embargo reconozco que adoraba el modo que tenía de tratarme, como si fuese el único hombre en el planeta.

Se deslizaba a continuación debajo de las sábanas y me susurraba cualquier ocurrencia con tal de captar mi atención. Enseguida conseguía que me olvidara del cansancio, y acabábamos haciendo el amor de un modo tan dulce que me era imposible no abandonarme a sus propósitos, a su forma de entender la vida y al modo acrisolado que tenía de marcar las pautas en todo aquello que se empeñaba en abordar, dichoso por fin de hallarme sometido a la imposición de sus propias reglas, que eran también las mías.

Un día llamaron a la puerta. Cuando la abrí, entró una vaharada de aire caliente. Era Tedy. Por detrás de él, a lo lejos, el horizonte temblaba.

—¿Puedo hablar con Louise? —los ojos melancólicos, como a punto de echarse a llorar, me miraban sin verme.

—Louise —grité con la cara girada hacia el interior de la casa mientras con el brazo mantenía la mosquitera abierta.

Después de aquel día llegaron otros similares. Tedy merodeaba por los alrededores hasta que se hacía con el valor suficiente para preguntar por Louise. Lo hacía con relativa frecuencia y yo desconocía de qué podían hablar. Tras mirar cómo él se inclinaba sobre ella con aire de súplica, yo me llevaba a los niños a la parte de atrás, donde jugábamos con los tirachinas a derribar botes de conserva vacíos.

Las tardes que tenía libres las pasaba ayudando a Ed con los deberes, mientras intentaba ganarme la confianza de una recelosa Tanita, incapaz de considerarme otra cosa que no fuera un extraño. De hecho, cuando veía a Tedy, corría hacia él como un agradecido perrito a refugiarse de un salto en sus brazos.

—¿Necesita algo? —le pregunté a Louise un día después de una de las visitas del que aún era su marido.

Todo aquello que se refiriera, incluso indirectamente, a Tedy, solía rodearse de vaguedades. «Lo de siempre», dijo, sin otorgarle demasiada importancia, sin aclarar a qué venía tanta insistencia. Supuse con razón que todavía existía un hilo entre ellos lo suficientemente consistente como para que pudiera romperse así, como si tal cosa. Por el modo que Louise tenía de evadir la cuestión, entendí que ninguno de los dos estaba del todo dispuesto a pasar página. Se limitaba a explicarme que Tedy solo necesitaba dinero. En el fondo sabía que la dulce Louise era una mujer difícil de olvidar, incluso para el propio Tedy. No tenía motivos para creer que el trato que me dispensaba fuera en esencia diferente al que él recibió durante años. Concluí que él la necesitaba, no había duda.

En cierta ocasión montamos los cuatro en la furgoneta para pasar el fin de semana en Holbrook, donde vivía la hermana de Louise. Fue una aventura extraordinaria atravesar los páramos ferruginosos salteados de cactus y sicómoros hasta llegar al Parque Nacional Apache, dejando a la derecha el país de los navajos, muy cerca ya de la frontera de Nuevo México. Mientras Louise conducía y los niños dormitaban en la parte de atrás, me entretenía en hojear el grueso compendio de mapas de carreteras del estado, para acabar enterándome de un montón de curiosidades sin demasiada trascendencia. El horizonte parecía prolongarse hasta el infinito y la carretera se estiraba como chicle en rectas interminables cuyo asfalto, a lo lejos, aparecía como un río de aguas caliginosas. Avanzamos durante horas rodeados de inmensos pedregales inhóspitos y cárcavas profundas como cicatrices calcinadas en el paisaje, sobre los que tomaba posesión el despiadado proceder de un inmenso sol blanquecino.

Faltaban aún unas trescientas setenta millas hasta el Gran Cañón. Louise sugirió que lo visitaríamos en otro momento. De paso me enteré de que el salmantino Francisco Vázquez de Coronado fue el primer europeo en acometer las endurecidas sendas que habrían de conducirlo hasta las mismas orillas del río Colorado. Me pregunté por todas las veces en que habría pasado de niño, en compañía de mis padres, bajo el medallón que lo recuerda en uno de los ochenta y ocho arcos de la Plaza Mayor.

Muy bien podían ser estos los paisajes que me sugirió Jorgito que no debía perderme, si bien un par de días más tarde tuve noticia de que no anduvimos demasiado lejos del Monument Valley, al que a buen seguro se refería, con su onírica disposición de monolitos de esquisto de color rojo.

Después de pasar dos días inolvidables en la granja de Maggie y Don, la hermana y el cuñado de Louise, regresamos haciendo la misma ruta de carreteras solitarias y polvorientas. Ed y Tanita se lo pasaron recordando lo felices que les hizo la compañía de los conejos, de las pequeñas cabras de pelo lacio y los ponis con manchas rojizas sobre los que se encaramaban para emprender largos paseos.

Aún faltaban unas cien millas para llegar a casa cuando nos adelantó un automóvil de color azul metalizado.

—Es Tedy —anunció Louise.

—¿Cómo dices? —pregunté.

—Nos viene siguiendo desde hace un buen rato. Conozco ese coche —afirmó con seguridad.

Al margen de que fuera un peligro que un hombre en sus condiciones estuviese dispuesto a conducir, lo cierto es que la presencia de Tedy aquel día en la carretera resultaba reveladora del grado de dependencia emocional que tenía respecto a Louise.

—¿Crees que es casualidad? —pregunté.

—¿Casualidad? No conoces a Tedy —aseveró Louise.

Después de permanecer una hora por delante de nosotros, acompasando su velocidad a la nuestra, hubo un momento en el que aceleró hasta perderse definitivamente a lo lejos.

Temí que al llegar a casa encontrásemos el mismo automóvil azul estacionado junto a la puerta.

—¿Crees que me detesta? —le pregunté a Louise refiriéndome a Tedy.

—Tanto como eso, no —dijo—. Si lo preguntas por tu relación con los niños, puedes estar tranquilo porque no me lo ha mencionado en ningún momento.

—¿Y respecto a ti?

Louise se mantuvo pensativa un instante. Después confesó:

—Creo que me sigue queriendo.

—Por su actitud yo diría que más bien te necesita, pero no te ama —le espeté.

A continuación, buscó justificaciones en relación con su extraño proceder. Aunque le expliqué que me parecía que Tedy se comportaba como un cazador furtivo, Louise encontraba siempre la respuesta que lo disculpaba. Incidió en que había dejado de beber, y que sus arrebatos de violencia sin cuento formaban parte del pasado, un pasado en el que ni ella ni los niños fueron jamás el objeto de su ira.

—No te fíes —me atreví a sugerirle.

Cuando llegamos a casa, ya en plena noche, Tedy no estaba. Después de acostar a los niños, Louise me cogió aparte y me tranquilizó, agarrándome por la cintura hasta pegar su vientre contra el mío.

—El pasado siempre regresa —le susurré muy bajito, con un deje inequívoco de temor y sin estar tampoco muy seguro de lo que acababa de decir.

Puso a continuación su dedo índice sobre mis labios, como para indicarme que guardara silencio. Confirmé que no era posible no quererla; tampoco, desentenderse de la cercanía acogedora de su cuerpo, del cariño que a la menor oportunidad te ofrecía del modo más desinteresado.

Mientras tanto, empecé a acudir con regularidad al programa de escritura creativa que ofrecía la universidad de Tucson. Formaba parte de un escaso puñado de alumnos heterogéneos, auténticos bichos raros pululando con discreción por los pasillos de un edificio en el que abundaban estudiantes de hidrología, astrofísica y química analítica.

Nos recluyeron en un aula estrecha y sin ventanas, presidida por una gran pizarra impoluta de un intenso color verde. El primer día nos recibió con cierto aire de misterio quien habría de ser el profesor encargado de impartir unas clases eminentemente prácticas sobre el extraño oficio de escribir ficción. Esas fueron las palabras que empleó, y no dejaba de repetirlas mientras duró el curso.

—Se encuentran ustedes hoy aquí reunidos obedeciendo al viejo impulso de contar historias —sentenció—. Un deseo que acompaña al hombre desde sus comienzos, del que no puede desentenderse por mucho que lo haya pretendido y que, aún mucho menos, puede ser explicado sin incurrir en molestas simplificaciones.

A continuación, cogió una tiza y escribió un apellido sobre la pizarra con letra exquisita: MILLER.

—Para todos seré el señor Miller, aunque mi nombre de pila es Henry —explicó—. Ya noto la expresión divertida en sus rostros. No, no se trata de una broma; si atendemos a los enigmas que entraña la literatura, tampoco estoy en condiciones de asegurar que se trate solamente de una simple coincidencia.

En el transcurso de los seis meses que duraron las clases, tomé contacto con la obra más destacada de los mejores escritores norteamericanos: de Sinclair Lewis a Carson McCullers, de Jack London a Don DeLillo, de Willa Cather y John Dos Passos a Thomas Wolfe, Scott Fitzgerald y Foster Wallace. Nos detuvimos igualmente en otros que, sin ser norteamericanos, terminaron nacionalizándose y escribiendo en inglés, como Nabokov.

No dejaba de acordarme cada día de aquellos cuadernos manuscritos que había dejado en casa de mi madre. Me dediqué a comprar algunos en Up Store por poco más de dos dólares la unidad, los cuales rellenaba con simples datos, ideas desperdigadas e impresiones de todo tipo, lo cual me permitía aventurarme a continuación con los primeros párrafos de lo que debería ser, con toda probabilidad, un cuento. Me gustaba hacerlo de aquel modo artesanal: primero, a mano, configurando sobre el papel algo así como la indicación detallada a seguir para hallar un tesoro escondido, repleta de tachones y añadidos entre líneas; después, transcribiendo en el ordenador lo que consideraba que era el producto finalmente decantado. El señor Miller me sugirió, no obstante, que probase a escribir directamente en el ordenador; para él no había nada más útil y aleccionador que teclear sobre el vacío, de modo que se pudiera acometer en toda su dimensión el vértigo al que todo escritor tenía que enfrentarse bajo la forma de la blancura insistente de la pantalla.

Así lo hacía numerosas veces: cuando libraba alguna mañana en el trabajo, me pasaba horas sentado en la cocina haciendo música con el rítmico golpeteo de las teclas. Apenas salía un momento para recoger a Tanita del colegio, y de regreso ya estaba otra vez enganchándome a la historia que tenía entre manos. Tanita debió de darse cuenta de mi particular empeño porque se afanaba en querer saber por qué razón escribía sin descanso. Esta circunstancia me permitía sentarla a veces en mis rodillas y dejar que me preguntara por el sentido de todas aquellas palabras.

Escenas parecidas a estas me llevaban a pensar en lo que opinaría Tedy, a pesar de que Louise me asegurase que no tenía por qué preocuparme de lo que pensara él respecto a mi condición de padre postizo.

A propósito de Tedy, tuve la oportunidad de estudiarle de cerca un día en el que coincidimos en el local de Bill. Desde dentro pude ver cómo acechaba con su particular estilo, volviéndose cada vez que se acercaba a la puerta para mirar en el interior. Supuse que no se atrevería a entrar al ver que yo estaba allí, si bien esto mismo ya lo había repetido numerosas veces cuando merodeaba en torno a nuestra casa.

Por fin se dirigió a la barra haciendo con que no me había visto. Pidió una coca-cola mientras no perdía de vista a Louise, que se mostraba de lo más amable con él.

Después de todo me pareció un buen hombre, con ese aspecto que muestran los perros que han sido abandonados y que demandan un poco de cariño. Por lo demás, no se me escapaba que en los seres humanos parece habitar alguna clase de turbia emanación de la que en ocasiones no se es consciente del todo y que, en caso de manifestarse, termina por arruinar lo poco o mucho que uno haya sido; no así en lo que respecta a los animales, cuya inocente apariencia, algo inconsciente, es todo lo que son.

Cuando por fin decidió marcharse, tuvo aún el último gesto de acercarse al lugar apartado en el que me hallaba, parapetado detrás de una mesa baja.

—Todavía nos queremos —me dijo en tono condescendiente, sin el orgullo que sería de esperar en un hombre despechado.

De aquella escena sin apenas importancia, así como de las numerosas veces en las que Louise buscaba la compañía de Tedy, hasta el punto de regresar tarde a casa, deduje que ella no estaba dispuesta a perderle, que aquello iba mucho más allá de la simple, y algo humillante, compasión.

Por mi parte, me dedicaba a aspirar el aire enrarecido de la fábrica, a atender a Ed y a Tanita y a escribir con mayor o menor eficacia. Encontré aleccionador el acto mismo de la escritura, tomado casi como un ejercicio gimnástico que era preciso retomar a diario. En cierto modo me sentía orgulloso de cuanto pergeñaba en los cuadernos, o directamente en el ordenador. En particular me sentí satisfecho de una historia a la que no logré titular de un modo convincente y que pretendía emular el estilo de Bukowski. A juzgar por sus elogios, debió de gustarle al señor Miller, al igual que a la enigmática Loretta Finnegan, mi compañera de pupitre. Sus minifaldas de cuero y sus medias de rejilla, junto al cabello negro y lacio ocultándole la mitad de una cara blanca como la leche, me intimidaban hasta el punto de impedirme volver los ojos para mirarla. En aquellas semanas, apenas había cruzado siquiera un par de frases con ella.

Con una discreción que me pareció algo enfermiza, cierto día se limitó a mover el dedo sobre algunas de las líneas de mi cuento, impreso en hojas que reposaban entre ambos. Aquel gesto incomprensible era propio de los niños cuando empiezan a leer o de quienes sufren graves problemas de visión. Creí, en última instancia, que debía de tratarse de una parte de la historia que le gustaba particularmente.

«Ayer, sin ir más lejos, conocí a la señora Olsen, que me dejó entrar en su cocina con solo presentarle mi credencial. Para ser justos, no resulta nada estimulante que te lo pongan tan a huevo cuando uno está enfrascado en un trabajo absorbente y ridículo.

—Pasa, cielo —me dijo con la cara todavía sumida en el sueño y el cabello desordenado y sucio.

¿Veis qué fácil? Malvivo en un apartamento destartalado de un barrio idéntico a este. Nada de coches lujosos, de parterres cortados al milímetro y piscinas de fondo azul brillante en el patio trasero. Lo nuestro es dejarnos la piel mientras nos acostumbramos a la cochambre. Nada más pertinente que la confianza depositada en todo el que llega, aunque sea para inspeccionarte la caldera o para sacarte unos cuantos dólares a base de darle a la lengua y convencerte de que has de comprar cualquier estupidez para el cuarto de baño».

Loretta, además de ser una chica de pocas palabras, fumaba cigarrillos sin parar y utilizaba siempre gafas de cristales ahumados incluso en interiores. Semanas después me reconoció que aquel fragmento le había sugerido algunas cosas interesantes. Entre otras, que ella provenía de uno de esos barrios poco elegantes situados más allá de East River, como el que aparecía en mi historia, donde tenía un apartamento desde el que veía la parte menos amable de la ciudad, enfrentado al discurrir grisáceo de las aguas del río, desprovisto a su vez de parterres, de garaje para el auto y, por supuesto, sin piscina en la parte de atrás. Sus vecinos eran mexicanos recién llegados de Chihuahua y Sonora, que se reunían de vez en cuando para hacer comidas familiares y de vecindad mientras se daban ánimos mutuamente y reían bebiendo tequila. De aquellas reuniones permanecía en todo el edificio un reconocible aroma a enchiladas y camote hervido.

Además, como la señora Olsen de mi historia, pretendía que fuese su huésped para poder hablar de literatura, fumar cigarrillos y beber ginebra. En su invitación había algunos argumentos entrecruzados, por lo que tuve que adivinar cuáles eran sus pretensiones en realidad. Le había caído en gracia, no había duda. Desistí, como es natural. No acababa de confiar en una mujer que, en conjunto, tenía buena presencia y me resultaba agradable, pero a la que parecía costarle por un igual tanto hablar como escuchar. Utilicé su misma parquedad para decirle que no, pero de un modo algo elusivo, poniéndome a la altura de su propia impenetrabilidad. No me pareció que fuese de ese tipo de personas que acostumbrasen a sentirse decepcionadas. Por lo pronto, me fue del todo imposible comprobar qué emoción había en aquel momento en sus ojos, ocultos detrás de aquellos cristales ahumados que la convertían en un ser difícil de conocer.

Después de algunas tentativas más o menos infructuosas, logré escribir un par de cuentos meritorios —aparte del ya citado a la manera de Bukowski—, según las técnicas inspiradas por los grandes cuentistas del pasado y las certeras indicaciones del señor Miller. Este, además de aconsejarme escribir directamente en el ordenador, me fue de gran ayuda a la hora de permitirme abordar mi nuevo proyecto. Se mostró tan considerado con las aportaciones del escritor inexperto que era yo, que no valoré en su momento lo que me estaba queriendo decir después de permitirme acceder al ámbito exclusivo de su despacho. Yo mismo terminaría por caer en la cuenta de lo inapropiado de mis pretensiones en relación con los atinados dictámenes que gustosamente me ofrecía. No tuvo inconveniente en animarme, así como en reconocer mi talento, en el que, por otra parte, me aclaró que no confiaba demasiado, a no ser que contase con la inestimable determinación del trabajo constante.

Pasado aquel tiempo, me sentí con más confianza para permitirme abordar algo así como una relación de los hechos que habían llenado mi vida desde la desaparición de mi padre. Sería difícil justificar el brusco cambio de rumbo que significó mi estancia en los Estados Unidos, pero cualquier cosa que le suceda a un ser humano me parecía por principio de dudosa interpretación, incluida la larga relación de sucesos cotidianos y previsibles. De no ser por algo parecido a esta razón, no se conservaría aún este modo precario de intentar explicarnos la realidad a través de la escritura.

Me acordé a duras penas de aquella larga relación de frases que hacía mucho tiempo escribí sin otra pretensión que la de estimular una imaginación, la mía, a la que siempre consideré abotargada. Necesitaba un título que sugiriese de algún modo cuanto había vivido en los últimos años. Me entró la risa con «Una revolución triunfante», entre otras cosas porque me sonaba a oxímoron y nada tenía que ver en apariencia con lo que hasta aquel momento había experimentado. Otra de las frases era «Lecho improvisado para el amor furtivo»; la descarté de inmediato por demasiado explícita y porque no era de ningún modo, aunque lo pareciera, el resumen de mi historia con Louise. Aunque no me satisficiera del todo, me decanté por un sentido algo más poético, precisamente el que me ofrecía «Ese brillo que se aleja». Descubrí entonces que había por mi parte un malévolo propósito de despedida. Me parecía haber encontrado un insano placer en el distanciamiento: poner tierra de por medio se me presentaba como una constante en todo lo que hacía, además de que, en realidad, no era otra cosa que una de las muchas variantes de la ocultación que, de un modo bastante evidente, vislumbraba como la característica más determinante de mi proceder en la vida.

Justo antes de regresar a España, comencé a redactar la historia con no pocas vacilaciones.

Mientras tanto se había instalado entre Louise y yo una sombra de desconfianza y no poca indolencia. La primera reconozco que corría por entero de mi parte; me era imposible prescindir de la presencia silenciosa de Tedy, creciendo entre los dos a medida que transcurrían las semanas. Por otro lado, si bien sería injusto atribuirle a Louise cierta falta de ternura para conmigo, no podía eludir el hecho de que, cada vez que nos quedábamos a solas, me parecía que se mostraba más ausente.

—Tedy me ha propuesto que vuelva con él —me soltó una noche, vuelta de espaldas sobre la cama.

Esperaba una frase como aquella, así que no me pilló de sorpresa.

—¿Y tú qué le has respondido? —le dije.

—Sabes que te quiero, ¿verdad?

—Lo sé —dije sin demasiada convicción.

Antes de que nos dejásemos derrotar por el sueño, y dándonos la espalda, Louise estimó el modo que tenía de comportarme con sus hijos, que, según ella, me consideraban como si fuera su verdadero padre.

Tuve por momentos la incómoda sensación de que me estaba agradeciendo los servicios prestados. Sin dar ninguna explicación a Louise, estuve durante seis semanas urdiendo un plan de fuga. Puede que sea exagerado calificarlo así. En el fondo puede que no quisiera hacerlo, pero sentía cada semana que mi tiempo se terminaba en aquella casa que había sido un antiguo almacén, con las ventanas abiertas y, sobre todo, con la dulzura nada común de una Louise difícil de olvidar. Entonces comprendí la insistencia de Tedy, merodeando en torno a sus felices recuerdos. No dudé de que habría de agradecerme el resto de su vida el noble gesto que iba a tener con él, así como con Ed y Tanita. Lo que no estaba tan claro era lo que Louise pensaría de mí o si, llegado el caso, me echaría alguna vez de menos.

Una de esas pocas mañanas en las que me quedaba solo en casa, movilicé mi voluntad tras un café cargado muy caliente. A continuación, tomé una ducha y coloqué una carta dentro de un sobre encima de la almohada de nuestra cama. Unas pocas palabras dirigidas a Louise y a los niños; parecía la despedida de un suicida, o de un cobarde, repleta de un dolorido agradecimiento y de una solicitud final de perdón por lo que estaba a punto de hacer. Junto a ella, deposité también el cuaderno en el que había escrito a mano, entre otras cosas, el cuento que había provocado el interés de Loretta Finnegan, así como una edición antigua de Charles Scribner's sons de «El viejo y el mar». Era una forma un tanto pueril de mantenerme durante algún tiempo en su memoria.

Aquel último paseo hasta la estación me fue devolviendo paulatinamente una incómoda presencia de mí mismo, sin otra cosa que hacer que volverme a dejar conducir por el azar, actitud que consideraba tan placentera como estéril. Igual que el entrañable personaje que Joseph Roth imaginase un día, miré embobado por última vez las sencillas casas de Willcox, benévolo, con los ojos muy abiertos. El señor Collingwood había muerto en febrero; desde su porche, ahora vacío, ya no volvería a verme pasar, ni me advertiría, afable, de cualquier circunstancia, por insignificante que fuese.

Esperé entre el quejumbroso sonido de las chicharras a que llegara el tren que me llevaría a Tucson. Una vez allí, alquilé un coche y, sin pasar por Phoenix, a través de Yuma y San Diego, llegué a Los Ángeles después de casi diez horas de viaje.

A la mañana siguiente, el único avión disponible a Europa sin problemas de embarque ni exceso de pasajeros fue uno que, haciendo escala en Orlando, tenía como destino Dublín. La travesía la pasé leyendo un par de novelas de Chester Himes y Ross Macdonald compradas en el aeropuerto y bebiendo whisky con agua. Desconocía el dato de que Himes se encontraba enterrado en algún lugar de la provincia de Alicante. Mientras observaba el despliegue de nubes algodonosas sobre el espejo agrisado del océano, me detuve un momento a considerar su caso particular: el de un delincuente negro redimido de la cárcel por el ejercicio tenaz de la escritura. Habría sido muy pobre por mi parte hacer un símil con todos los demás escritores que han existido a lo largo de la historia, aunque lo intenté justo antes de quedarme dormido con la cabeza apoyada junto a la ventanilla.

Abrí los ojos mientras sobrevolábamos la verde campiña irlandesa. Entonces cruzó por mi mente lo que en su día Louise había apuntado acerca de un más que probable origen irlandés de su familia. ¿Qué estaría haciendo en aquel preciso instante? ¿Me echaría de menos? ¿Me odiaría? Con el océano de por medio, tuve la incómoda sensación de que habían transcurrido algunos años desde la última vez que estuvimos juntos; incluso hasta me parecía no haberla conocido nunca, como si la vida que disfrutamos en compañía hubiese sido el fruto desvirtuado de mi imaginación de aprendiz de escritor.

Busqué alojamiento en uno de esos hoteles recién construidos junto al aeropuerto, en la parte norte de la ciudad. Una vez tumbado sobre la cama, miraba al techo y se me agolpaban algunas imágenes inconexas. Al fin cerré los ojos y procuré poner la mente en blanco. Después de transcurrido un tiempo indeterminado, me desperté sobresaltado y comprobé que se había hecho de noche. Necesitaba comer algo, despejarme, saber si de verdad existía la ciudad a la que acababa de llegar y comprobar si incluso yo mismo era un ser de carne y hueso.

Un taxi me dejó a orillas del río Liffey. Durante el recorrido desde el hotel, el taxista me explicó que me encontraba en la ciudad que nunca duerme y que no iba a tener problemas a la hora de encontrar una taberna abierta.

Mientras tomaba un bocado y bebía una pinta de cerveza espumosa, me decidí a hacer algunas llamadas. Por la hora que era, sospechaba que no iba a encontrar a nadie levantado. A Jorgito no conseguí localizarlo y, respecto a mi madre, decidí esperar a que amaneciera para hablar con ella.

En efecto, el barrio del Temple era un hervidero de gente. Casi todos los bares todavía se encontraban abiertos a esas horas. La sensación de soledad me reconfortaba en medio de los grupos de personas que, sin querer, me conducían por las céntricas calles de una ciudad de aspecto amable y costumbres apacibles. Tuve así ocasión de vagar con despreocupación hasta descubrir el puente O'Connell, o perderme en las inmediaciones de la catedral de san Patricio.

A la mañana siguiente llamé a mamá para comunicarle que estaba en Irlanda y que era cuestión de tiempo mi regreso a España. No podía evitar sentirse animada.

—Os echo de menos —reconoció a través del aparato. Hubo un breve silencio, para después sentenciar con un suspiro—. La casa está vacía sin papá y sin ti.

Le prometí que en una semana estaría de vuelta. Durante ese tiempo tuve ocasión de pasear innumerables veces a lo largo de la bahía, a cuyas oscuras aguas regresaba, las cuales me inducían a dotar de más nostalgia a mi forma de entender el mundo.

Fue durante aquellos días cuando comencé a escribir acerca de los últimos y fortuitos años de mi vida. Definitivamente, la historia llevaría por título «Ese brillo que se aleja», y comenzaría con el recuerdo de aquella escena grotesca en la que decidí que el azar obrase en mi vida a través de un mapa desplegado en la pared de mi antigua habitación.

La mancha azul

Mi nombre es Gonzalo Beasain. Trabajo desde hace aproximadamente treinta años como profesor de Historia Universal en un centro de segunda enseñanza, lo que me impulsa a considerarme competente para comprender los recovecos de la psicología humana, sus malformaciones y reveses desde las edades más inmaduras, viéndolas crecer y adaptarse a circunstancias incluso desfavorables, codearse cada día con la realidad espectral que se les propone como cierta y verdadera, y comprobar cómo salen airosas, sin apenas un rasguño, orgullosas de su proceder y, acaso, quién sabe, con un permanente sufrimiento en su interior, como suele acontecer en el sentir adolescente. Por lo demás, comparto con mis compañeros de profesión el apego casi enfermizo a la rutina diaria, a las expresiones condescendientes entre nosotros, a la queja permanente referida a la profesión, casi como unánimes actos de placer onanista, así como a los cafés entre horas, hojeando la prensa diaria con aire de malograda erudición y de aburrimiento.

Durante todos estos años se ha instalado dentro de mí la convicción de que cuantos integramos el gremio de profesores a nivel mundial no podemos ser como el resto de los mortales, por cuanto participamos de una naturaleza que nos hace, a la postre, seres insensibles. No lo digo tanto porque tengamos que olvidar a marchas forzadas a generaciones de alumnos, que pasan por las aulas como las aguas del río de Heráclito (perdón por la licencia erudita), sino porque

nuestro trabajo se acompasa a golpe de atronadores timbra-
zos, sin por ello perder la compostura, sin alterarnos en lo
más mínimo, hasta el punto de que no conozco, en todos mis
años de profesión, a ningún colega que no se haya visto, en
alguna que otra ocasión, completamente ausente en mitad
del aviso inmisericorde, aunque este último le tabletee justo
encima de la cabeza; tal es el poder de abstracción con el que
cuenta este gremio.

Sin embargo, yo no he venido aquí a contar las excelen-
cias y las miserias de este trabajo, sino más bien a desaho-
garme ante los últimos y desafortunados acontecimientos
que estoy teniendo que vivir.

Todo comenzó ahora hace seis meses y medio, después de
un hecho de lo más trivial: la caída de un bolígrafo al suelo
en mitad de una de mis clases. Así, como suena. Un fortuito
acontecimiento sin trascendencia alguna, de los que suceden
en las aulas miles de veces a lo largo de la jornada. Pero el
bolígrafo en cuestión, esa particular actuación de la gravedad sobre todo tipo de cuerpos sobre el planeta, su eco casi
inaudible al golpear contra las baldosas aún permanece en
mi memoria, y todavía no ha dejado de producir consecuencias en mi vida, de tal modo que no sé qué me esperará nada
más terminar de escribir este inicial relato de los hechos.

Tocaba aquel día explicar los excitantes acontecimientos que adornaban la más que interesante Alta Edad Media.
Estaba en mitad de una clarificadora disertación sobre el
reino de los francos, cuando un bolígrafo dotado de voluntad rodó desde una mesa de la primera fila hasta mis pies.
Como acostumbro a hacer en tales circunstancias, sin mirar
a quién pertenecía el objeto en cuestión, y dotado de una
caballerosidad que al parecer solo a mí me importa, como si
con ello les enseñase a mis alumnos algo más hondo y perdu-
rable para la vida que un puñado de datos históricos, procedí

a agacharme a recogerlo. A mitad de camino ya me estaba arrepintiendo, temeroso de que alguna vez la espalda se decidiese a traicionarme al verme en una postura tan comprometida. Hasta el momento, reconozco con orgullo que siempre que me lo propuse, llegué a recoger del suelo utensilios de toda naturaleza, y sin doblar las rodillas, y eso que uno ya entró en esa edad limítrofe en la que ponerse un simple calcetín supone comprobar con tristeza que hasta lo más cotidiano es fuente de súbitas decepciones.

Así que por fin entregué el bolígrafo a su dueña, cuyos ojos, de una negrura desconcertante, me miraron sin que pudiese atisbar en ellos agradecimiento, sino más bien atonía y hasta diría que resignación. Por mi parte, continué con las hazañas del todo olvidadas de los merovingios, cuando percibí casi sin querer que aquellos ojos negros se humedecían hasta convertirse en una fuente de abundantes lágrimas. En un primer momento pensé que estaba cargando en exceso de emotividad mi relato sobre Clodoveo y Pipino el Breve o, por el contrario, que estaba resultando insoportable a las cándidas entendederas de la adolescente.

—¿Qué te ocurre? —le dije, preocupado.

Sin responder a la pregunta, se llevó las manos a la cara en un gesto de pudor irreprimible. Me quedé paralizado y con la palabra en la boca. Ni tiempo me dio a preguntarle de nuevo, puesto que desapareció como una exhalación, dando al final un portazo. En aquel momento se hizo un silencio como si el aula se hubiese transformado en una campana de plomo, mientras todos permanecimos mirando cariacontecidos en dirección a la puerta.

—¿Alguien sabe qué le pasa? —solo acerté a decir, mirando de nuevo al resto de la clase.

Puesto que no obtuve ninguna explicación, salí de inmediato del aula y comprobé que la alumna estaba descendiendo las escaleras a la búsqueda de Dios sabe qué forma de consuelo. Mantenía la cabeza inclinada hacia adelante, lo que indicaba a las claras que continuaba compungida.

—Nagore, espera —le grité.

Al cerciorarse de mi presencia, se precipitó escaleras abajo con gran determinación. Estaba claro que huía de mí; su actitud denotaba que no iba a emplear ni un minuto de su tiempo en darme ninguna clase de explicación. De hecho, al llegar al piso inferior, logró colarse con una rapidez inusitada en el interior del cuarto de baño de las alumnas. Fue entonces cuando, a resguardo por fin de mi presencia, la oí sollozar de un modo descorazonador.

—¿Se puede saber a qué viene esto? Nagore, por favor —le dije, sin demasiadas esperanzas de que se atuviese a alguna forma de sensatez.

Los lloros ahogados que salían del interior del cuarto de baño y mis angustiosos requerimientos por saber qué estaba sucediendo en realidad, llamaron la atención de Martín, el jefe de estudios, así como de la secretaria, una mujeruca rubia de complexión débil y de rostro blancuzco, que miraba la escena con su mirada azulada y acuosa y que parecía estar siempre a punto de hacer alguna clase de súplica.

—Se puso a llorar en clase sin ton ni son y se ha refugiado aquí —les expliqué señalando el lugar de donde salían aquellos tristes gemidos.

—Tú regresa al aula, ya me ocupo yo —ordenó el jefe de estudios.

Por lo demás, la mañana fue transcurriendo sin mayores contratiempos. Hasta logré olvidarme del asunto y continuar con las peripecias de Carlos Martel en sus correrías por Roncesvalles, no sin antes sondear al jefe de estudios, un tipo pequeño pero bien trabado, de cabeza redonda sostenida por un cuello ancho como el fuste de una columna dórica. Sin apenas mirarme a los ojos, dejando entrever que se encontraba ocupado en ese momento, me hizo un gesto entre desabrido y conciliador. Supe entonces que el asunto se había solucionado, una de tantas cosas sin importancia que suceden en un recinto escolar.

Solo al final de la jornada, cuando el último timbrazo dispara a los alumnos en dirección a la salida, por entre la maraña de cuerpos asomó el jefe de estudios que venía en mi busca.

—Gonzalo, tengo que hablar contigo —me dijo con un aire severo que me provocó cierta preocupación—. Nagore nos espera en el despacho.

En efecto, allí estaba sentada, aparentemente sin el desvalimiento que mostró unas horas antes.

—¿Qué tal, Nagore? —le dije con mi mejor intención— ¿Se puede saber qué fue lo que te ocurrió esta mañana?

—En realidad, para eso estamos aquí, ¿verdad que sí, Nagore? —afirmó el jefe de estudios sin dejar de clavarme unos ojos que me resultaron demasiado punzantes para mi gusto.

La alumna asintió con la cabeza mientras perdía la mirada en el suelo. Al colocarse un mechón de su pelo negrísimo detrás de la oreja, me fijé en la sombra violácea que teñía la punta de su dedo índice.

—Nagore afirma que esta mañana la has perturbado gravemente —soltó el jefe de estudios.

—¿Cómo dices?

—Bueno, no con estas mismas palabras, eso lo digo yo, pero en esencia es lo que ha confesado ella en este despacho.

—¿Que la he perturbado qué? —noté como si las palabras se emitiesen solas.

—Gravemente, eso es lo que ha dicho —confirmó el jefe de estudios.

—¿Dicho de otro modo...? —me atreví a sondear.

—Lo mejor es que sea ella la que te lo explique. Nagore, cuéntale al profesor Beasain lo que antes me contaste a mí.

Creo que en aquellos instantes debí permanecer con la boca abierta, pues sentí enseguida la lengua acartonada, y mirando atónito tanto al jefe de estudios como a la propia Nagore.

—No aguanto su forma de tratarme. No solo a mí, sino a todos —dijo sin paliativos, mirando al jefe de estudios.

—Pero, esto es inaudito. ¿Cuándo he tratado yo mal a mis alumnos? ¿Cuándo he faltado yo a nadie en esta institución en la que llevo trabajando tantos años? —intervine casi fuera de mí.

—Por favor, Gonzalo, deja que la alumna se explique.

—Recogió el bolígrafo que se me había caído al suelo —recordó.

—¿Y eso es lo que te ha perturbado, Nagore? —le solté.

—Gonzalo, por favor —intervino de nuevo el jefe de estudios.

—Lo hace siempre —dijo Nagore, que se empeñaba en mirar al jefe de estudios, como si yo no estuviese presente—. Siempre se inclina para recogerlo todo, y hoy no pude más. Hoy me dio pena.

—¿Que te di pena? Explique eso, señorita.

—Pues sí, el profesor Beasain me dio pena —continuaba haciéndome de menos, como si yo no estuviese presente en el despacho—. No sé cómo decirlo, pero al verlo inclinado ante mí, no pude más y me entraron unas ganas locas de llorar.

El jefe de estudios había relajado su expresión al comprobar que la alumna comenzaba a confesar cuanto le había escuchado de sus propios labios unas horas antes. Se echó hacia atrás, cogiéndose a los brazos del sillón. Aun así, no pudo o no quiso dejar de fijar su mirada inquisitiva en mi expresión.

Le rogó a la alumna que continuase.

—Me molesta su actitud servicial, como si hiciese de padre, siempre tan protector con sus hijos. Lo hablamos entre los compañeros y todos estamos de acuerdo, a todos nos resulta incómodo, salvo a Alex, por supuesto, que es un empollón, además de un pelota.

Por momentos dejó de mirar al jefe de estudios para fijarse en un pañuelo de papel que retorcía entre sus dedos.

—Has dicho que tiene una actitud servicial —intervino el jefe de estudios.

—A ver, dicho así no es que sea nada malo —advirtió Nagore—, pero lo hace de un modo que molesta porque no lo hemos apreciado en otros profesores, y eso me inquieta, no sé cómo expresarlo. Yo diría que el profesor Beasain es un hombre triste y nos hace sentir tristes a todos. Por eso ya no me aguanté más y me fui de su clase. Me desbordé, y no pude tampoco soportar la vergüenza de mi actitud.

—Martín, todo esto es ridículo —salté al fin, solicitando el apoyo del jefe de estudios.

Contra toda lógica, mis expectativas de racionalidad se vieron frustradas cuando el jefe de estudios continuó dando ocasión a que la alumna continuase con lo que me estaba pareciendo una absurda justificación.

—Gonzalo, déjala que continúe, lo que está diciendo me parece muy interesante —remarcó.

—Pues eso —continuó Nagore—, que el profesor Beasain es triste, un hombre desanimado. Llegamos a la conclusión todos los compañeros de que quizás tenga algún complejo, o problemas familiares, no lo sé.

—¿Tienes problemas, Gonzalo? —me espetó el jefe de estudios.

—No —me mostré categórico.

—Todo el mundo tiene problemas —insistió.

—Pero ¿qué es esto, un interrogatorio sobre mi vida?

—Comprenderás, Gonzalo, que estamos tratando de saber qué ocurrió hace unas horas —Martín mostró su lado más condescendiente.

Entretanto, observé que Nagore se había girado levemente hacia mí, se supone que con intención de observarme. Lo hacía de hito en hito y con una mirada casi inocente y asustadiza, un poco como para escudriñar mis contestaciones.

—Puedo comprenderlo todo, pero esto pasa de castaño oscuro —me defendí—. Resulta que, de la noche a la mañana, me muestro intimidante, pero al contrario de lo que se supone en un caso así, mi forma de intimidar…

—De perturbar —atajó Martín muy serio.

—De lo que sea… a estas alturas ya me da igual —protesté—. Resulta que todo se reduce a que soy un hombre triste, un pobre hombre con complejos y problemas, que entristece a los alumnos hasta el punto de que una de ellas, aquí presente —indiqué con la mano en dirección a Nagore—, se ha echado a llorar con todo el desconsuelo imaginable.

—Muy bien resumido, Gonzalo. Y ahora, disculpa que insista: ¿tienes algún problema? —volvió a la carga.

Los ojos de Nagore subieron un tanto para cruzarse con los míos.

—Pues sí, como todo el mundo —dije.

—O sea, que sí tienes problemas —dijo Martín.

—No sé a dónde quieres llegar con todo esto. Creí que estabas de mi parte —miré de reojo a Nagore.

—Como comprenderás, mi cometido consiste en solucionar los problemas que se presenten en este centro. Y para eso tengo que mostrarme neutral.

—Pues no lo parece —le espeté.

—Permítame que insista una vez más: ¿los problemas son personales o tienen que ver con el trabajo?

—Desde luego no te voy a responder a eso, Martín.

—Vaya por delante que no me interesa lo más mínimo la naturaleza de tus problemas, tan solo me gustaría saber si estos pudieran estar interfiriendo en el normal desarrollo de las clases.

—Todos sabemos que nada es perfecto, que se presentan dificultades en todos los órdenes de la vida. Por supuesto, en el trabajo también —admití.

—Entiendo entonces que tus problemas derivan de tus clases.

—Yo no he dicho eso —protesté.

Nagore asistía al intercambio de pareceres con una mezcla de cansancio y desinterés. No obstante, tomó la palabra para interrumpir al jefe de estudios.

—A mí me parece que venir triste a clase no es aceptable. Salvando las distancias, sería como llegar borracho o drogado. No es el mejor modo de enseñar nada. Solo aprendemos tristeza. Eso es lo que quería decir. Nada más —apostilló Nagore.

Tanto Martín como yo nos quedamos boquiabiertos mirando en dirección a la alumna, la cual buscaba la aquiescencia a su discurso mirándole a él. Aquella habría sido la oportunidad para recriminarle el no haberse dignado a mirarme en todo el tiempo que duró el interrogatorio, ni tampoco haberse dirigido a mí, como si el causante no solo de sus desdichas, sino las de toda su clase, se hubiese esfumado definitivamente. Quién sabe si, después de escuchar semejante alegato en mi contra, no habría algo de verdad en considerar que mi carácter haya sido durante demasiado tiempo el causante de tantos espíritus decepcionados en lugar de alentados, abotargados en lugar de iluminados, a lo largo de mi larga carrera como profesor. «¿Cuántos cadáveres habría dejado por el camino?», llegué a preguntarme.

—Creo que Nagore ha sido muy clara en su valoración, y se ha mostrado con una madurez y una ecuanimidad inusuales. Gracias, Nagore —a continuación, se incorporó, y entendimos que la reunión había finalizado.

Cuando la alumna salió del despacho, no pude menos que asesinar con la mirada a Martín.

—No había sido necesario llegar a esto —le dije.

—Lo sé —admitió.

—¿Entonces a qué ha venido todo este número?

Confesó que después de interesarse por saber qué era lo que había sucedido, tampoco le concedió mayor importancia. Solo después de que la alumna se explayara con libertad, se encontró con algo que suscitó su interés: el modo en el que la alumna justificaba su repetido malestar en las clases de Historia Universal. Lo achacó enseguida, y de un modo argumentado, al modo con el que suelo desplegar mi personalidad en clase.

—Todo eso de la tristeza es una soberana tontería —dije.

—Yo no lo veo así.

—Si la chica se hubiera referido a alguna irregularidad por mi parte, como faltarle al respeto, por ejemplo, no digo.

—En cierto modo se trata de una irregularidad. Inconsciente, eso parece claro, al margen de tu voluntad, pero irregularidad, al fin y al cabo —advirtió.

Me quedé impávido, sin saber qué contestar, intentando adivinar a través de su expresión si estaba de broma. Martín debió darse cuenta de lo que estaba pensando en aquel momento.

—Acabas de escucharla, Gonzalo —indicó en dirección a la puerta del despacho—. Me parece que ha estado atinada al decir que no se puede entrar en una clase mostrando cualquier sentimiento sin filtro alguno. Eso nos incapacita como profesionales.

—Prefiero no decir nada más. Necesito reflexionar con calma sobre lo que ha pasado hoy aquí.

—Si necesitas ayuda, no dudes en pedírnosla —a continuación, Martín sugirió que podía solicitar unos días de reposo, incluso que conocía a un buen terapeuta experto en traumas y bloqueos emocionales.

—¿Bloqueos emocionales? —dije con desprecio—. Me voy a casa.

Las semanas siguientes me provocaron un desasosiego constante. Como si la conversación mantenida en el despacho de Martín hubiese traspasado las paredes y fuese toda ella de dominio público, no había momento en el transcurso de mi trabajo en el que no me sintiese observado. No podía quitarme de encima centenares de ojos fiscalizadores y con la suficiente convicción de que se hacía necesario mantenerme a raya.

En contra de mis convicciones, comencé a considerar seriamente la posibilidad de mostrarme dicharachero en clase, más divertido y risueño; pero cuando estaba dispuesto a soltar un chascarrillo o a ilustrar un pasaje de la Historia Universal con algún chiste, notaba enseguida que no me salía, me resultaba del todo imposible, de modo que me imponía seguir siendo el que era y, orgulloso de mi decisión, regresaba a mi habitual abatimiento, del que no era consciente y que todos se empeñaban en atribuirme. Incluso hasta comencé a desarrollar un incipiente deseo de aislamiento que, pasado el tiempo, me obligaba a ocultarme buscando las estrategias más rocambolescas con tal de no coincidir con nadie. Aun así, continuaba notando esas miradas insoportables clavándose en mí y adentrándose en mi morada más íntima con la intención de acusarme un día tras otro.

Se me hizo particularmente difícil enfrentarme a la clase en la que estaba Nagore. De un modo un tanto ingenuo, y después de tomar como ciertas sus palabras, procuré evitar mi natural servilismo, así que no recogí ningún objeto que se cayese al suelo. Tampoco me atreví a ser más amable de lo habitual para no provocar una reacción displicente entre los alumnos, que terminarían por tomarme por un farsante. De tal modo que opté por un tono neutro que me permitiese ser consciente de mi supuesta tristeza, esa que tanto daño parecía estar haciendo a toda la comunidad educativa. Supongo que no logré la tan deseada equidistancia, pues durante semanas continuaba soportando aquellas miradas despreciativas. Hasta incluso noté cómo Nagore se esforzaba por no caer en un nuevo desbordamiento emotivo, así que se contenía en todo momento y procuraba no hacer contacto visual conmigo. Diríase que la avergonzada era ella, manteniéndose en una férrea discreción que le impidiera alcanzar de nuevo un molesto protagonismo. No pude menos que darle vueltas a la idea de que su actitud, por muy justificada que estuviera, había terminado por ser del todo contraproducente: por mi parte, continuaba siendo el hombre triste de cada día, y por la suya, así como por parte de la clase al completo, se levantaba un muro impenetrable de mutua incomprensión.

En un momento determinado, como si fuese una visión fugaz, el dedo de Nagore, presto a disponerse para tomar apuntes, volvió a mostrarme la misma sombra que ya le había visto en el despacho, apenas dibujada en su extremo, bajo la uña pintada de laca transparente. Se notaba que había escrito demasiado a lo largo de la mañana, o que había tenido que manipular el maltrecho depósito de tinta del bolígrafo. En cierto modo, no sé por qué supe que no era eso; se trataba de algo más parecido a una marca cárdena que obedeciera a un singular propósito que yo desconocía. Por supuesto, no comenté el hecho con nadie y, en mi insania, lo atribuí sin querer a una efímera y absurda moda juvenil.

Pasaron algunas semanas y continuaba incómodo con mi nueva faceta de tipo frío, manteniendo a raya mi innata predisposición a la cortesía. No lo tenía tan claro en lo que se refería al abatimiento. Una y otra vez, me convencía de que aquella imagen que proyectaba era cierta, no podían equivocarse a la vez los ojos y las mentes que me juzgaban. Por otra parte, procuraba ponerlo en duda, y siempre que lo hacía me asaltaba la incómoda sospecha de que todo se reducía a un espejismo, a una maledicencia urdida para asediar mi conciencia y acabar echándome de mi trabajo. ¿Qué otro sentido podía tener la postura de Martín, el jefe de estudios al que se supone una natural condescendencia con el profesorado? ¿No define su neutralidad la garantía que permite salvaguardar la presunción de inocencia? ¿Acaso podía ser yo responsable de mi propio carácter? Más todavía: ese modo de ser que me atribuía todo el mundo, ¿era suficiente razón para inhabilitarme, para tener que buscar la soledad en todo momento, para que no me fuese posible impartir mis clases con eficacia?

Mientras le buscaba una explicación racional a todo aquel dislate, se iban colando pequeñas sospechas en mi alma. No podía quitarme de la cabeza la recomendación que me hizo Martín de un «terapeuta experto en traumas y bloqueos emocionales»; o esa insistencia en que prestara atención a lo que la alumna tenía que explicarme. Comprendí con gran nitidez su predisposición a ir en mi busca, como quien va a cazar y necesita cobrarse una víctima propiciatoria, o como quien pretende llevar a cabo alguna oculta venganza. Antes de dormirme, llegaba a esta siniestra conclusión: todos se habían convertido en cómplices de mi aniquilamiento. Cada noche lo veía más claro. Terminaba vencido por la confusión, sin poder evitar la imagen de aquella uña de perfiles limpios, con su sombra azulada como contrapunto.

Un día cualquiera, y sin avisar, vino al centro el padre de Nagore. Su apariencia de hombre berroqueño, casi cejijunto y expresión hosca, imponía. Quería verme de inmediato. Tenía prisa. Al principio me arrepentí de quedar a solas con él en mi despacho.

—¿Qué pasa con la niña?

Me sorprendió que la llamase así.

—No creo que ocurra nada —me defendí.

—Tengo entendido que la hizo llorar.

—Esa es una forma distorsionada de verlo. Además, usted se refiere a algo que ocurrió hace ya demasiado tiempo —le solté con ánimo de indagar si Nagore había vuelto últimamente a sentirse «perturbada» por mi culpa.

—Lo sé. Quise haber venido entonces, pero estoy muy ocupado, ¿sabe?

—Entiendo.

—La niña solo me tiene a mí. Soy viudo. Su madre murió hace dos años.

—Vaya, lo lamento.

Aquel dato, que desconocía, me reconfortó en cierto modo. Al menos me sirvió para comprender de un modo razonable el porqué del comportamiento improcedente de salir del aula de sopetón envuelta en lágrimas. Hasta se me ocurrió pensar que, además de madre, estaba huérfana de un padre que la comprendiese.

—No importa —dijo—, es algo que tenemos superado, aunque lo que me preocupa es que el trabajo me impide pasar más tiempo con ella.

Aquel hombretón con cara de bruto empezó a caerme bien. A buen seguro él tenía la clave para entender el lamentable comportamiento de su hija, además de ser la única persona que durante aquel tiempo me miraba sin resentimiento aparente.

—Tengo un bar, usted ya comprende, son muchas horas, es mucho el esfuerzo cada día de la semana y no puedo estar con ella lo que quisiera.

—Claro. Los problemas derivados del padre ausente —dije como reflexionando conmigo mismo.

—¿Cómo dice?

—Nada, cosas mías.

—Como le iba diciendo, tengo un bar —echó mano al interior de la chaqueta y sacó una tarjeta que enseguida me extendió—, «El figón de Menchu», por el nombre de mi mujer —aclaró—. Está justo aquí enfrente —se giró para señalar la ventana—, seguro que lo conoce, y por supuesto que no hace falta que le diga que ahí tiene su casa.

—Le quedo del todo agradecido —le dije en un tono demasiado pomposo, inhabitual en mí, fruto más bien del desconcierto al que la conversación me estaba conduciendo.

—¿Entonces nota usted que la niña se encuentra mejor? —volvió de pronto al tema que lo había traído hasta el despacho.

—Pues no sé qué quiere que le diga, la verdad.

—Cuando me lo contó, no supe qué decir.

—¿Cuando le contó qué? —me puse en guardia ante el más que probable recordatorio de aquel fatídico día.

—Sí, hombre, cuando la niña salió de su clase llorando.

—Ah, eso —me hice el despistado y tragué saliva.

—Quería saber si ha vuelto a repetirse.

—No, nunca más.

—De todos modos, me dijo que se sintió avergonzada por lo que pasó y que no volverá a ocurrir otra vez. Así que usted me asegura que no lo ha vuelto a hacer, ¿verdad?

—En mi clase, al menos, no —suspiré con cierto alivio al comprobar que todo se estaba resolviendo del mejor modo posible.

—A mí lo que me preocupa es cuando ella está en su clase. Sé de buena tinta que en las demás no ha habido jamás ningún problema parecido —aseguró con cierta sonrisa de satisfacción.

—Sí, eso creo —suspiré.

El tipo aquel debió ver mi expresión compungida porque, sin venir a cuento, se levantó y, acercándose a donde me encontraba, me puso la mano sobre el hombro con ánimo consolador.

—No se preocupe, hombre, a todos nos ha pasado alguna vez.

Hice un gesto de no haber comprendido.

—Lo de la depresión —soltó—. La sufrí con la muerte de Menchu, mi mujer, pero salí a flote, así que no se hunda. La niña me repite casi cada día que no se puede estar triste cuando se trabaja. Lo único que trae son inconvenientes.

—Pero… —le iba a explicar que yo no tenía depresión, que su hija salió del aula sin permiso, aduciendo después un asunto de lo más peregrino, que, por ese motivo, todos los ojos me escrutaban hasta el punto de tener que buscar cualquier rincón con tal de ocultarme en lo posible de su constante intromisión; además de que añoraba ser el hombre que hasta entonces había sido, sin problemas, ajeno al absurdo que estaba viviendo y que se inició una mañana mientras explicaba las bravas hazañas de Carlos Martel.

Casi como si intuyera que le iba a soltar todo aquello de una sola vez, el individuo se despidió volviendo a palmearme el hombro. Mientras salía por la puerta del despacho, hizo un gesto de despedida con la mano. Esta vez estaba seguro de que no era una sombra, sino una mancha definida en la punta del dedo índice, que se extendía además a lo largo del dedo y le llegaba hasta la muñeca.

Creo que pensé en la determinación funesta de la transmisión genética. A continuación, me miré la palma de la mano con la que había saludado al visitante. No se trataba de una mancha de tinta, tampoco de una moda entre jóvenes. Más bien lo entendí como una maldición. Eso era: una maldición, el origen de todos mis males desde hacía meses. Corrí hacia la ventana. Allí abajo caminaba con decisión el hombre con el que acababa de hablar y de quien desconocía el nombre. Al fondo, con letras de una claridad en la que no había reparado hasta ese momento, le esperaba «El figón de Menchu».

Sentí un extraño escalofrío al percatarme de que aquella mancha sobre la piel del individuo se desbordaba hacía ya un tiempo bajo la alfombra, y aparecía como una media luna pintada de un azul reseco. Mi obsesión desde que la descubrí fue rascarla con la punta del zapato sin lograr que desapareciera. Al levantar por fin la alfombra, comprobé con horror cómo la mancha, de un azul intenso, como derramada a propósito hacía pocos minutos, impregnaba buena parte del entarimado, dibujando algo así como el mapa de un país ignoto.

Permanecí allí observándola. Bajo el efecto de su hechizo, a duras penas sentí que la puerta se abría. El jefe de estudios se interesó por que la entrevista hubiese salido según lo esperado, sin que se pudiese adivinar en realidad qué era para él «lo esperado». Asentí, y él sonrió. Cuando se cerró la puerta, volví a mirar en la mancha aquellos rostros, a veces reconocibles, que cobraban vida, la infinidad de ojos tan penetrantes y despectivos, así como esa sonrisa final que me condenaba con su sarcasmo a permanecer como un hombre afligido para siempre.

Cinco jornadas

El primer encuentro entre el señor Patarricini y el que iba a ser, durante cinco días, su compañero de paseo, el señor Tropodikainos, se produjo de un modo casual, sin que ninguno de los dos supiese con anterioridad de la existencia del otro. Con la naturalidad que se manifiesta en tantas ocasiones en las que el caminante descubre una luz insospechada sobre el paisaje de siempre, a medio camino entre la moderada admiración y el leve sobresalto placentero, el señor Patarricini comenzó a vislumbrar a lo lejos una figura erguida que al principio le confundió: no acertó a identificar la silueta que se recortaba sobre un cielo limpio de nubes con un ser dotado de vida. Primero los ojos advirtieron al razonamiento que, en todos los años en los que había completado aquel recorrido, y ya iban siendo demasiados, jamás se halló otra cosa que no fuera el aire tibio y transparente sobre el breve promontorio de granito que sobresalía en uno de los costados de la vereda. De ahí su extrañeza, más si cabe cuando lo que veía le pareció un insólito pértigo, o tal vez una lanza dispuesta de un modo imposible, como hincada e inflexible sobre la roca dura.

No tuvo tiempo para alarmarse por la novedad, pues enseguida, después de descender por una leve vaguada hasta culminar, a continuación, el ascenso de la cuesta que lo situaría a pocos metros de la presencia, advirtió por fin que se trataba de un hombre. Le fue entonces fácil comprender la poderosa razón de su desconcierto: el extraño manifestaba un porte imponente, pero sin afectación alguna. Resaltaba su derechura, así como la manifiesta delgadez cubierta por un atildado conjunto compuesto por una chaqueta de *tweed* marrón, lo suficientemente holgada como para dejarse bambolear de modo intermitente por efecto de la brisa de la tarde, y unos pantalones de fina tela a juego. No le pareció al señor Patarricini que el desconocido vistiese de un modo demasiado ostentoso, aunque sí inadecuado si de lo que se trataba era de pasear por caminos cubiertos de polvo. En ningún momento el hombre advirtió la cercanía del señor Patarricini; más bien al contrario, lo encontró mirando de un modo desacostumbrado el paisaje casi infinito que se veía desde la atalaya sobre la que se hallaba erguido, como si se encontrase ordenando sus pensamientos justo antes de proferir un discurso destinado a los breves riscos o a las profusas sabinas que aparecían bajo sus pies.

Después de que el señor Patarricini emitiese un carraspeo de aviso y diese los buenos días, el señor Tropodikainos volvió el rostro hacia el recién llegado sin ofrecer muestra alguna de sobresalto y sin articular palabra. Entonces el señor Patarricini advirtió la adustez de un rostro alargado y huesudo, con los azulados ojos penetrantes pero hundidos, llenos en apariencia del paisaje asilvestrado que, hasta el instante mismo de ser interrumpido, colmaba algo así como sus ensoñaciones más profundas.

Sin ánimo de pararse a conversar, el señor Patarricini continuó con su paseo matinal mientras el señor Tropodikainos mantenía la misma expresión de perplejidad siguiendo con la mirada cómo el recién llegado se alejaba.

17 de septiembre

A la mañana siguiente, el señor Patarricini volvió a encontrarse con el señor Tropodikainos. Como el señor Patarricini era hombre de costumbres arraigadas, llegó a la altura del señor Tropodikainos a la misma hora en que lo había hecho la mañana anterior, de modo que lo halló en idéntica postura, parado sobre la atalaya de granito desde la que dejaba vagar la vista sobre el agreste paisaje que le rodeaba. Al acercarse como lo hiciera entonces, el señor Patarricini volvió a dar los buenos días al desconocido sin esperar que este último se inmutase.

—Un paisaje extraordinario, ¿no cree? —por fin el señor Tropodikainos rompió su mutismo mientras continuaba mirando al frente.

Al señor Patarricini la voz del desconocido le pareció coherente con el gesto que recordaba de la última vez. El tono era firme, sin vacilación alguna, acorde en cierto modo con los ojos azules y hundidos, tal vez rodeados de un halo de resignación, o de ese cansancio que se empieza a apreciar cuando la vida te ha puesto en disposición de asistir a escenas inusuales.

A continuación, se volvió para mirar al señor Patarricini y hallar en su gesto la confirmación a su pregunta. En lugar de esperar una respuesta, añadió:

—Le pido disculpas por mi comportamiento de ayer.

Puesto que solo halló en el recién llegado una expresión como de no comprender a qué se estaba refiriendo, quiso saber si no le importaba que le acompañase en esa ocasión. Desde luego, el señor Patarricini accedió, si bien no las tenía todas consigo debido a la misteriosa identidad del señor Tropodikainos; enseguida volvió a percatarse de que su acompañante mantenía un atuendo a todas luces inapropiado para recorrer a pie parajes alejados de cualquier rastro de civilización.

Tras presentarse y agradecerle con educación exquisita su buena disposición (al señor Patarricini le pareció que sus ademanes bien podían corresponderse, al menos, con los de un miembro de la nobleza), le explicó que su proceder la mañana anterior había sido del todo intolerable. Se disculpó por el silencio que el señor Patarricini había recibido como respuesta a su saludo.

—No se preocupe, hombre. No tiene la menor importancia —dijo el señor Patarricini.

—La tiene, vaya si la tiene —respondió el señor Tropodikainos, que caminaba al paso que marcaba el señor Patarricini.

La frase se mantuvo en el aire como una sentencia dictada por la voz profunda de un imponente magistrado que no admitía réplica o que, por el contrario, abría la posibilidad de una larga disertación acerca de lo que era pertinente o no lo era. Mientras tanto, el señor Patarricini escuchaba los pasos que ambos emitían, avanzando sobre el camino de tierra, al tiempo que volvía a considerar el inadecuado atuendo de su compañero de paseo.

—Desde luego, no quisiera convertirme en una molestia —volvió a excusarse el señor Tropodikainos.

—En absoluto —atajó el señor Patarricini—, aunque sí que me intriga que haya vuelto a encontrarle en el mismo lugar.

—Si se refiere al mirador en el que me halló en la mañana de ayer, he de decir que no ha sido la primera vez, ni tampoco será la última, que he recorrido este mismo camino. Le confesaré que conozco a la perfección estos parajes, pues hubo un momento que se convirtieron en una parte trascendental de mi vida —aseveró con cierto aire de nostalgia.

A medida que el camino descendía hacia el valle, ambos paseantes comenzaban a perder de vista los extraordinarios parajes que ofreciera la singular comarca; se apreciaba el modo en que el aire se adensaba al perfumarse con el aroma que desprendían las aulagas, o lo que aún quedaba de ellas tras los ardores del verano. Este parecía querer manifestar su esplendor hasta el punto de mitigar la fatiga cada vez que se acometía una pendiente o se apuraba el paso.

—Y, dígame, ¿es usted de por aquí? —preguntó el señor Tropodikainos.

—Justo del pueblo que dejamos ahí detrás —dijo el señor Patarricini indicando con el pulgar por encima del hombro.

—Entonces habrá oído usted hablar de mí —manifestó sin alardes el señor Tropodikainos.

Desde ese momento, todo fue un mar de conjeturas sin posibilidad de certeza alguna para el señor Patarricini a partir de los escasos datos con los que contaba. Especialmente en lo relativo a la presencia del recién aparecido, como si se tratase de una sombra trágica en mitad de aquel paisaje cuando todavía era un joven exaltado. El señor Tropodikainos empleó la palabra furtivo para referirse a sí mismo por aquel entonces, lo que intrigó en grado sumo al señor Patarricini. Hizo alusión, además, a su ánimo en otro tiempo afligido por el enojo o la angustia, y fue entonces cuando resonó en su interior la sospecha de reconocer lo que en su día fue el tema de conversación habitual entre los lugareños: aunque el señor Patarricini estaba por entonces en la edad de los juegos y las ensoñaciones, sin embargo dispuso de la suficiente conciencia como para asistir al crecimiento del mito de que un forastero vivía en el bosque como un auténtico forajido.

Así se lo hizo saber, sorprendido al recobrar un conocimiento que tenía olvidado, el señor Patarricini a su acompañante.

No hubo ocasión de profundizar más en ese mínimo retazo de su conciencia infantil, pues el señor Tropodikainos se despidió del señor Patarricini hasta el día siguiente.

18 de septiembre

Al pensar en la despedida del día anterior, el señor Patarricini revivió la perplejidad de entonces al recordar cómo la oscura espalda de su acompañante se alejaba por un sendero adyacente que descendía entre robles y sabinas. Era un misterio adónde podía dirigirse. La despedida había sido escueta, casi fría, y los modales delicados del señor Tropodikainos permanecían en su recuerdo como una anómala aparición en mitad del bosque, tan alejada de los hábitos y la compostura de las ciudades.

Un día más, lo halló en el mismo sitio, si bien no se encontraba mirando el paisaje, como la primera vez, sino en actitud de espera. Puesto que la mañana amaneció algo fría, apareció cubierto con un largo gabán que le llegaba hasta las rodillas; el señor Patarricini comprobó de nuevo que, al margen del abrigo, el hombre seguía sin vestir de acuerdo al empeño que les convocaba: caminar en compañía durante un buen trecho de aquel camino polvoriento, lleno de irregularidades, de constantes subidas y bajadas.

Aunque lo que de verdad intrigaba al señor Patarricini de cuanto escuchó de labios de su improvisado compañero, era su edad. Si, como parecía, se trataba del misterioso eremita que vivió en aquellos bosques y del cual se hicieron eco los rumores que corrían entre los aldeanos, el señor Tropodikainos rondaría en torno a la cincuentena; sin embargo, su apariencia era la de un hombre incluso más joven que él mismo.

—Vuelvo una vez más a abusar de su confianza —dijo el señor Tropodikainos a modo de saludo.

—En realidad agradezco pasear de vez en cuando en compañía —aseveró el señor Patarricini.

Se pusieron enseguida en movimiento, haciendo idéntico recorrido al del día anterior.

—Permítame decirle que no se puede avanzar mucho trecho con el calzado que lleva sin grave perjuicio para sus pies —se atrevió a sugerirle el señor Patarricini.

—Veo que se ha percatado de lo inconveniente de mi atuendo —dijo el señor Tropodikainos.

—¿Me equivoco al considerar que está de paso?

—No se equivoca —reconoció el señor Tropodikainos—. Admito haber caído en la debilidad de la nostalgia, hasta el punto de que me apetecía regresar adonde un día fui un hombre que hoy me resultaría irreconocible, como bien le insinué ayer.

Hasta la conciencia del señor Patarricini llegaron las palabras «furtivo» y «ánimo afligido» que el señor Tropodikainos había empleado para referirse a él mismo y a su pasado.

Después de sortear con un salto el reducido cauce de un riachuelo de aguas transparentes y serenas, el señor Patarricini se atrevió a indagar en esta particular circunstancia. Lo hizo de tal modo que no pareciera una incómoda intromisión. Por el contrario, el señor Tropodikainos manifestó una extraordinaria disposición para hacerle partícipe del recuerdo de su propia vida, como si en realidad hubiese estado esperando el momento propicio para contar cuantos detalles necesitase conocer su interlocutor. Así se lo hizo saber al señor Patarricini, quien se sorprendió ante tal alarde de confianza por su parte.

Fue entonces el señor Tropodikainos quien redujo paulatinamente la marcha hasta detenerse del todo; dio un largo suspiro y, mirando al limitado horizonte, que se desdibujaba por la insondable urdimbre de los árboles, pronunció unas palabras que avivaron en el señor Patarricini su, hasta el momento, más que notable impresión de extrañeza.

—Mi vida empezó a adquirir su sentido en unas circunstancias en las que la mayoría solo encontraría motivos para el abandono, como yo los encontré una vez que experimenté las heridas del corazón —manifestó.

En ese instante, el señor Patarricini pudo apreciar cómo un ramalazo atravesó, cual si fuera una sombra, el oscuro pozo en el que se habían convertido aquellos ojos azules y hundidos, pero que no lograron avejentar ni un ápice la piel de un rostro que por momentos parecía cobrar una inexplicable brillantez.

Fue entonces cuando, reanudando la marcha, el señor Tropodikainos comenzó a hacer un relato pormenorizado de lo que había sido su aciaga existencia. Se deducía fácilmente que gozaba de una posición desahogada, además de educado, a juzgar por la gentileza de su trato, en el ambiente refinado de alguna de las familias más encumbradas de la sociedad. En ningún caso habló sobre este particular, pasando por alto una circunstancia que, por lo demás, no había de proporcionarle un grato recuerdo.

—Al acudir a una de las fiestas que organizaron los Lewell en su casa de campo —explicó—, conocí a Clara, la primogénita de los anfitriones, una joven algo taciturna, dominada por un ensimismamiento casi enfermizo y que a mí me pareció encantador, pese a que la mayoría lo interpretaba erróneamente como recelo. En una primera aproximación, no se podía decir que fuese una joven atractiva y, desde luego, resultaba imposible, además de injusto, no compararla con su hermana Emilia, la cual desprendía una clase de brillo tan infrecuente, que deslumbraba y hasta obnubilaba el entendimiento del nutrido ejército de pretendientes que proliferaban a su alrededor.

Por el momento, el señor Tropodikainos parecía evocar aquellos años sin nostalgia, como quien relatara un indiferente sueño nocturno que en nada afectaría al desenvolvimiento normal de la vida del soñador una vez alcanzada la vigilia.

—No crea que Clara sentía celos de su hermana —apostilló—. Por el contrario, se trataba de una criatura incapaz de albergar cualquier mal sentimiento. Clara amaba tiernamente a Emilia. En realidad, el amor llenaba su gran corazón y lo prodigaba sin descanso hacia cuanto le era dado conocer. Tendría usted que haberla visto mientras leía una de esas novelitas románticas que tanto incendiaban la imaginación de las jóvenes de aquel tiempo, o mientras conversaba con inteligencia sobre cualquier asunto, siempre dispuesta a escuchar las sugerencias de todo el mundo —el señor Tropodikainos se volvió hacia su compañero e hizo ademán de pararse, como dando a entender la importancia de lo que iba a decir a continuación—. Sin embargo, era incapaz de manifestar aquel magnífico sentimiento que siempre se desbordaba sobre todo aquello que emprendía, del cual se tenía constancia por la manera en que fijaba su mirada en todo cuanto la rodeaba, incluido uno mismo, hasta hacerte sentir abrigado por una calidez que pocas veces tiene uno la oportunidad de vivir. De sobra sabía yo que era esa su actitud con todo el mundo, desprendida y como volcada en todo lo que llamaba su atención, hasta el punto de comprender que la amaba por la inquietud que me provocaba al saber que se comportaba siempre igual con todo el mundo. La quise entonces para mí, solo para mí —el gesto del señor Tropodikainos se tornó de inmediato enérgica y sus ojos se llenaron de una decisión mitigada por los años transcurridos—. No supe hasta entonces lo que era el amor —confesó—. Aquel arrebatamiento que no exigía actos heroicos o manifestaciones indecorosas, sino una profunda inquietud que va adueñándose de uno y que no te permite vivir sin saber qué hace ella, en qué está pensando en este preciso momento, y si además eres tú el objeto de sus divagaciones. Y, por supuesto, conducirse con desconcierto sobre la incertidumbre que supone no cerciorarse de si nuestros anhelos van a verse correspondidos alguna vez. En ningún momento pude siquiera asegurar si la extraordinaria sensibilidad de Clara hallaría en mí el objeto preferido de cuantos ocupaban su interés. Pero, por otra parte, ¿no es ese el legítimo juego en el que consiste el amor? ¿No atesora este una deliciosa muestra de medidas ocultaciones, en las que ambas partes, si andan conciliadas al unísono tras un mismo objeto, se deleitan mostrando y, al tiempo, ocultando sus preferencias? Repito que no fui capaz de advertir en la recogida modestia de Clara, y aun más en sus muestras de desinteresado acercamiento, nada más que una franca amabilidad que me sumía en jornadas llenas de inquietud y melancolía.

—Permítame decirle —intervino en ese momento el señor Patarricini— que, de existir un auténtico enigma en este mundo, no sería el menos intrigante el corazón de una mujer.

—Sin quitarle la razón, casi puedo asegurar que cualquier hombre, por inexperto que se muestre en cuestiones amatorias, y créame si le digo que yo lo era por aquel entonces, enseguida advertirá esa mirada esquiva pero anhelante, que busca el objeto de su amor por encima de cualquier otra apetencia. Y desde luego que no me pareció que este fuera el caso de Clara.

Después de lamentarse por un capítulo de la vida que ya formaba parte de su pasado, el señor Tropodikainos abandonó el tono evocador para volver a concentrarse en el paseo. Sin dudar un solo instante, y con solo mirar alrededor, le refirió al señor Patarricini el nombre de cada uno de los parajes que atravesaban. Resultaba sorprendente escucharle describir con todo detalle la posición de cada cumbre, así como su precisa orientación, los senderos que serpenteaban desde las alturas hasta sus respectivos valles, la sucesión de fuentes y bosques con una precisión extraordinaria. Además, era capaz de alternar la descripción de cuanto veía en aquel momento con la mención de los detalles que animaban su relato de las escenas vividas en el pasado.

Como una imagen recurrente en su memoria, evocó el sutil movimiento de las manos de Clara cuando esta se apasionaba al comunicarle la huella que unos versos habían dejado en su alma, o mientras dejaba perder la mirada a través de una ventana, o en el transcurso de un paseo por el jardín. Aparte de la fiesta en casa de los Lewell, se dieron otras ocasiones para que ambos tuvieran la oportunidad de acercarse, propiciadas en parte por el propio señor Tropodikainos.

Momentos antes de despedirse, justo en el lugar donde el día anterior el señor Tropodikainos desapareció de la vista del señor Patarricini, aquel descendió a reconocer que no pudo resistir un día más la desesperación que suponía para él no saber si Clara le correspondía. Durante uno de los frecuentes paseos que realizaban por los jardines de la casa, se atrevió a sorprenderla con una declaración acerca de cuáles eran sus intenciones para con ella. Lo primero que le sorprendió fue el singular aplomo con el que ella recibió su franqueza; aún era capaz de recrear el dibujo de su adusta sonrisa, como el modesto preámbulo a su tierna condescendencia. Lo segundo, no fue tanto una sorpresa como la confirmación de que trataba casi con un ser de otro mundo: su sensibilidad y su acierto para solventar una escena comprometida como aquella sin que el señor Tropodikainos se sintiera violentado en lo más mínimo; aquella manera suya de dar largas sin querer perder la confianza de quien le mostraba un sentimiento del que Clara no se sentía merecedora. Fue entonces cuando el señor Tropodikainos, lejos de verse humillado, se prometió conquistar el corazón de quien estaba convencido, ahora ya del todo, que era la única merecedora de su amor. Sus dulces ojos —podía comprobarlo con absoluta seguridad— mostraban un fondo acorde con sus propios sentimientos.

Poco tiempo después, llegaría a oídos del señor Tropodikainos que Clara tenía otro pretendiente.

20 de septiembre

Amaneció el día con una lluvia ligera, aunque no molesta, que obligó a los paseantes a caminar más deprisa. Después del saludo inicial, se sumieron en un pertinaz silencio del que lograban zafarse por momentos mientras se esforzaban en sortear algunos charcos, procurando no embarrarse en exceso.

Llegado el momento, el señor Tropodikainos aludió a su ausencia del día anterior. Sin que el señor Patarricini solicitase una explicación del inesperado abandono, el señor Tropodikainos se refirió a la urgencia de solventar un asunto financiero sin importancia; para ello, se vio en la obligación de viajar a la ciudad. Algo le decía en su interior al señor

Patarricini que se trataba de una justificación, tal vez no de una mentira, pero sí de un modo algo burdo de jugar al despiste, aunque, al tiempo que experimentaba esta ligera sospecha, se preguntaba a qué podría deberse la extraña plenitud de su semblante. Enseguida advirtió el rejuvenecimiento de un rostro cuya piel, esta vez, se mostraba casi transparente, y en el que las arrugas parecían haber desaparecido por completo, observándose tan solo algunas venas azules en torno a las sienes.

Lejos de referirse a una circunstancia tan peculiar como esa, el señor Patarricini hizo notar una observación bien distinta: la extrañeza que le producía el lugar en el que ambos se despedían, en particular el cruce de caminos del que partía una suerte de trocha por la que descendía su acompañante hasta desaparecer entre la fronda, con la intención aparente de dirigirse a su casa. En un principio, eso era lo que suponía el señor Patarricini: que por aquella umbrosa senda habría de llegar a algún lugar conocido, aunque ambos sabían que el lugar al que conducía aquel sendero se alejaba con toda seguridad de cualquier lugar habitable.

El señor Tropodikainos no pareció atender al comentario que le hizo el señor Patarricini, hasta el punto de solventarlo con una mínima explicación que no logró convencer del todo a este último.

—Ayer me dijo que Clara tenía un pretendiente —el señor Patarricini observó cómo el gesto de su compañero se relajaba, mientras las gotas de lluvia descendían por la tersa piel de su rostro de hombre joven.

—Un príncipe, nada menos —puntualizó el señor Tropodikainos—. Él fue el culpable de todo lo que vino después. No solo él: también míster Lewell, al que le era imposible disimular la aversión que yo le provocaba. Nada más saber que rondaba a su hija mayor, hizo todo lo que estuvo en su mano por alejarme de ella. Algo vio en mí que le disgustó sobremanera, o puede que depositara en Clara todas las aspiraciones que había deseado tanto para ella misma como para el buen nombre de la familia.

»Ni que decir tiene que aquel inesperado obstáculo fue un acicate para mí. Me propuse hacerla mía por todos los medios que tuviera a mi alcance, más si cabe al comprobar que mi presencia no le era desagradable, provocando de este modo en su padre más de un dolor de cabeza.

—Creo haberle entendido que fue incapaz de reconocer en ella unos sentimientos hacia usted que fuesen de distinta naturaleza a los que ofrecía a todo el mundo —apostilló el señor Patarricini.

—Es cierto, aunque de lo que estaba por completo seguro era de mis propios sentimientos, contra los cuales se me hacía imposible luchar —en ese momento, los caminantes se dispusieron a sortear el curso de las aguas de un riachuelo, para lo cual se encaramaron con paso vacilante al tronco que alguien había tumbado sobre el lecho para tal fin. Después de cruzar con éxito, el señor Tropodikainos continuó—: Así que, lejos de echarme atrás, urdí una estrategia que me permitiera librarme del acoso de míster Lewell y, sobre todo, del pretendiente oficial.

—El príncipe —dijo el señor Patarricini.

—Ese mismo. Me permitirá que, por discreción, no diga su nombre, pero se trataba de una personalidad por todos reconocida, perteneciente a una prestigiosa familia de estirpe aristocrática —ante la persistencia de la lluvia, hizo ademán de secarse la frente con el antebrazo—. Hasta en un par de ocasiones me fue permitido comprobar cómo actuaba en presencia de Clara. Concluí, a juzgar por su actitud, que ese hombre no la amaba como correspondería amar a un ser tan fuera de lo común. Por momentos jugó a dos bandas, incluyendo a Emilia como parte de su determinación. Hasta cierto punto, así se lo hice saber a ella, aunque no de un modo directo, sino a través de comparaciones llevadas al terreno que más grato le resultaba: el arte, la jardinería o la literatura. La perspicacia de Clara me hizo comprender cuanto quería comunicarle, pero su prudencia la inducía a no tomar ninguna determinación.

—¿Qué hizo después? —se interesó el señor Patarricini.

—Lo peor que un hombre desesperado puede hacer en una situación así. Me arrepiento de cuanto vino después, inspirado, a mi pesar, por los celos —inclinó la cabeza como en actitud de meditar sobre lo que acababa de decir.

Llegados a un recodo del camino, decidieron cobijarse de la lluvia bajo la improvisaba y escasa techumbre que les ofrecía la forma peculiar que presentaba una gran peña recorrida en vertical por grandes vetas de color grisáceo. Apoyaron la espalda sobre la pared húmeda mientras se dejaban mecer por el sonido del agua golpeando con candorosa cadencia sobre el barrizal que se iba formando en el camino.

—Nada tenía ya el menor sentido —confesó el señor Tropodikainos—, salvo el amor que Clara me inspiraba. Así que pagué a unos rufianes para que dieran una lección al príncipe. Admito que se trató de una bajeza, una rematada estupidez, si bien no hallaba ninguna salida decorosa a mi desesperación. Para ser honestos, reconoceré que lo hice sabiendo en todo momento las consecuencias que una decisión así traería a nuestras vidas, particularmente a la mía, pero aun así estaba dispuesto a pagarlas todas, sin miramiento alguno por mi parte.

»Los asaltantes detuvieron su coche de punto en una calle estrecha, lo sacaron a empujones bajo la fría noche de noviembre y, sin consideración alguna, obedeciendo mis instrucciones, allí mismo lo molieron a palos.

—¿No tuvo miedo de que esos hombres acabaran matando al príncipe? —preguntó el señor Patarricini.

—Por supuesto que consideré tal posibilidad. Incluso me espanté ante la euforia que me provocó que pasase algo así. De ocurrir, me pareció que sería casi imposible que las pesquisas sobrepasasen el móvil rastrero de dos canallas. Confiaba en que su confesión no se tendría en cuenta. Sin embargo, no fue en aquella ocasión cuando se produjo la muerte del príncipe, sino poco tiempo después.

La lluvia amainó. Junto a la sucia apariencia de un cielo que se asemejaba a una densa cortina de color indefinido, se había instalado sobre el paisaje un silencio que lo atravesaba y que parecía anunciar la quietud proveniente de otro mundo. En aquel preciso momento no se movía ni una hoja.

—En torno a una semana más tarde, el príncipe fallecía a causa de la herida que le provoqué —la piel transparente que cubría las mejillas del señor Tropodikainos se estiraba y contraía al compás del movimiento producido por sus labios al hablar. Se miró como con sorpresa la punta embarrada de los zapatos—. No le fue difícil comprobar que había sido yo quien pagó a los individuos encargados de darle una lección. Así se lo reconocí, al tiempo que en mi interior acepté lo pueril de mi comportamiento. Tanto a él como a mí no nos quedó más remedio que adoptar la única salida honrosa en aquel conflicto, más si cabe cuando ambos sabíamos con certeza que la causa del mismo era ella.

»El duelo tuvo lugar en un rincón apartado dentro de uno de los bosques que, para mayor fatalidad, había sido propiedad de la familia de los Lewell. Sobre la siniestra comitiva formada por el príncipe, yo mismo y los respectivos padrinos, se extendía, como una dramática contradicción, un cielo de esplendoroso color azul que se atisbaba en breves retazos por entre las copas de los árboles. La solemnidad del momento se rompía en ocasiones con el graznido prolongado y estridente de aves de mal agüero; me espantaba imaginar que anunciaban una muerte inminente, tal vez mi propia y desdichada, aunque, por qué no decirlo, honrosa muerte. No pude entonces pensar en otra cosa que no fuese en Clara, en su parsimoniosa voz y en la calidez de su presencia, a causa de las cuales me hallaba en mitad de la soledad de aquel bosque, erguido y en mangas de camisa, a la espera de que el testigo de fe dictaminase las condiciones del fatal encuentro.

»Recuerdo bien que me temblaba algo el pulso. Notaba cómo el cañón de la pistola se erguía levemente en el aire. Llegado el momento, forzado por una espontánea y minúscula decisión, mi corazón trasladó un insólito latido en dirección a mi mano sudorosa, y esta, a la empuñadura. De repente, se alzó una bandada de pájaros, espantados por la detonación. El cuerpo del príncipe se derrumbó sobre la hierba con un golpe seco. Antes de caer tuvo aún tiempo de apretar el gatillo y que su disparo se perdiese en el interior de la floresta.

El señor Tropodikainos enmudeció unos instantes. Su cabeza se inclinó como si de repente hubiese vuelto a escuchar los disparos en mitad de un paisaje parecido al que en aquel momento le rodeaba. El señor Patarricini lo trajo de vuelta al sugerirle que podían proseguir con el paseo una vez que la lluvia había remitido.

—¿Murió al instante? —preguntó el señor Patarricini.

—Puede decirse que sí, aunque no tuve ocasión de verlo más que un segundo hasta que fue introducido en su coche de punto. Más tarde me explicaron que la herida había sido profunda y que se albergaba en uno de sus costados. Nada se pudo hacer para salvar su vida y, pasado mi desconcierto inicial, me sorprendí de la rapidez con la que olvidé la escena.

Más aún: comencé a sentir una íntima satisfacción al saber que ya no contaba con ningún obstáculo en mis aspiraciones a conquistar el corazón de Clara. Tan solo me restaba comprobar, como yo creía, que el príncipe no significaba gran cosa para ella, de modo que su muerte tampoco supondría una pérdida que no lograra superar en un tiempo razonable.

—¿Y así fue? —dijo el señor Patarricini.

—Desde luego, su sorpresa no estuvo exenta de cierta desesperación —explicó el señor Tropodikainos—. A juzgar por su carácter, de sobra sabía que la noticia habría de afectarla, aunque no de la manera en la que se pierde a un ser al que se ama incondicionalmente. No pudo evitar las lágrimas, aunque, a mi entender, fruto tan solo de su innata sensibilidad, así como de las incontables jornadas que pasaron en compañía. Solo eso. Desde entonces atestigüé, no sin cierta sorpresa, que su corazón se me abría hasta aparecer un espacio tan misterioso y afable como dispuesto a ser llenado por cuanto me moría por entregarle.

—Hemos llegado a su destino —anunció el señor Patarricini cuando se acercaban al cruce de caminos en el que los hombres solían despedirse. Sin embargo, su acompañante puso una cara de no comprender sus palabras.

—Caminaré con usted un trecho más —sugirió el señor Tropodikainos—. Después me daré la vuelta.

Con ligera mansedumbre, la lluvia hizo de nuevo su aparición, como aplacando con su benevolencia el tenue dramatismo de la conversación mantenida por ambos paseantes.

—La respuesta a mis sinceras intenciones pasó de ser imprevisible a imposible. Apenas habían transcurrido tres días desde el fatídico duelo que segó la vida del príncipe, cuando Clara me acusó con razón de haber provocado su muerte. Lo hizo de un modo tan cortés que no pude tomármelo como una recriminación; fue entonces cuando algo más fuerte que mi voluntad, o que la natural salvaguarda de mi honestidad, me empujó a expresarle, con una vehemencia de la que yo mismo me sorprendí, que habría vuelto a batirme en duelo de nuevo si con ello me garantizaba su amor, y que no podía imaginarme ni por un instante el verme privado de la presencia en mi vida de una criatura como ella.

»Nada de cuanto dije aquella tarde pareció conmoverla. Se limitó a bajar la mirada, expresándome con su silencio la posibilidad más ingrata de cuantas podían esperarme. Por primera vez la vi triste, hasta el punto de que su figura se cubrió con un velo que era inútil pretender traspasar. No quería saber nada de mí, y ese sentimiento, estoy convencido de que era inédito para ella, también la perturbaba; pero, sobre todo, el hecho de verse a sí misma como la razón de la muerte del príncipe, al que de veras apreciaba, como apreciaba a cuantos formábamos parte de su vida. No podía soportarlo. Le confieso que no había visto antes un abatimiento tan hondo.

El señor Tropodikainos se frenó en seco y lanzó una mirada triste al señor Patarricini. Dio media vuelta sin despedirse y volvió a emprender la bajada por el sendero, del cual el señor Patarricini se hallaba plenamente seguro de que no conducía a ninguna parte.

21 de septiembre

El día amaneció con una tersura inigualable en el cielo. No se veía una nube a muchos kilómetros de distancia, de modo que la amenaza de lluvia había desaparecido por completo.

Al llegar a la terraza de granito, el señor Patarricini no encontró a su peculiar acompañante durante aquellos días otoñales. En cierto modo, su ánimo se apagó ante la posibilidad de pasear en soledad.

—Creyó que se iba a librar de mí, ¿eh? —el señor Patarricini se sobresaltó al escuchar una voz conocida saliendo del interior de la espesura. Por más que giró la cabeza en todas las direcciones, no logró ver a nadie. De repente, el señor Tropodikainos apareció a su lado.

—No se asuste, hombre. Continúo siendo el mismo de ayer —al pronunciar estas palabras, el señor Patarricini juzgó que algo imperceptible, pero evidente, se había instalado entre los dos. Por un momento creyó que no se trataba de la misma persona con la que había paseado días atrás: una sombra cruzaba la frente de aquel hombre misterioso que lo observaba con un ramalazo de una desfachatez que no había mostrado hasta aquel día. «¿Sería este el verdadero señor Tropodikainos, quien le había acompañado en sus paseos matutinos con su complaciente y grata presencia, o bien se trataba de un ser al que no había logrado conocer del todo?», se preguntaba el señor Patarricini.

Por momentos, la sombra de la frente pareció prolongarse hasta hundirse, como en un pozo, en el azul de una mirada que, por primera vez, el señor Patarricini advirtió como la que muestra un individuo que se encuentra irremediablemente perdido.

El señor Tropodikainos dibujó entonces una sonrisa mordaz. A continuación, el enojoso silencio que se había instalado entre los dos hombres se derrumbó al emitir una voz que no había perdido la cortesía manifestada durante aquellas jornadas:

—Parece asustado —dijo.

—No le vi en el saledizo —observó el señor Patarricini—, así que no contaba hoy con encontrarle.

Comenzaron a caminar sendero adelante. Las sombras de ambos paseantes se dibujaban nítidas sobre un suelo todavía húmedo por la lluvia del día anterior.

—Permítame la intromisión, pero me intriga saber dónde se aloja —dijo de repente el señor Patarricini.

Tras un instante de silencio, el señor Tropodikainos pareció justificarse con su respuesta:

—No creo que eso sea relevante. Ya le dije en su momento que este paisaje es mi verdadero hogar. Pero si tiene auténtico interés, le confesaré que me alojo en el valle, en una cabaña de pastor abandonada.

Aunque la respuesta no satisfizo del todo la curiosidad del señor Patarricini, decidió no volver a preguntar sobre ese particular a quien, como si se tratase de un espectro, comenzaba a desdibujarse delante de sus propios ojos. El señor Tropodikainos, ajeno por completo a las consideraciones que de él se iba forjando el señor Patarricini, comenzó a silbar una tierna melodía. La brisa templada de la mañana le sentaba como un bálsamo al señor Tropodikainos, y así se lo hizo saber a su compañero. Empleó de hecho esa misma expresión mientras entrecerraba los párpados para impedir que el sol le cegara.

—Estupendo día, ¿no le parece?

—Así es —confirmó el señor Patarricini.

Al alcanzar lo alto de una loma desde la que podía contemplarse, casi por entero, el camino que llevaban recorrido, con sus elevaciones y hondonadas, dibujando con su trazado sinuoso la delimitación intencionada entre la aguerrida naturaleza y la insegura presencia del hombre cuando se asoma a su indómita perseverancia, el señor Patarricini lanzó un suspiro que, en aquel momento, podía interpretarse como una manifestación de entusiasmo.

—En realidad, es el día de hoy que sigo sin estar seguro de continuar con vida —confesó en un susurro el señor Tropodikainos.

Levantó el brazo y señaló uno de los riscos que se alzaba majestuoso frente a él.

—El mismo día que llegué a estas tierras me empeñé en encaramarme hasta ahí arriba —dijo.

Al señor Patarricini aquella última frase le mostró una actitud hasta cierto punto extravagante. Creyó hacérselo saber al señor Tropodikainos poniendo un gesto de extrañeza.

—Como le dije, yo era un joven desprovisto de toda esperanza.

—Recuerdo que dijo de sí mismo que era un furtivo, y que contaba con un ánimo afligido —dijo el señor Patarricini.

—Admiro su buena memoria.

—No mejor que la de cualquier otro —objetó el señor Patarricini—, lo que ocurre es que no he podido quitarme de la cabeza su imagen merodeando por estos parajes.

—Imagine lo que supuso mi llegada para los lugareños —advirtió el señor Tropodikainos—. A pesar de que evitaba por todos los medios posibles ser visto por los aldeanos, estos no podían desconocer la existencia de una presencia extraña aparecida de repente a su lado, una presencia, eso sí, escondida, difusa. Aunque no tuve constancia de ello, imaginé que me calificarían de loco, incluso hasta de forajido. Y en cierto modo lo era.

—¿Llegó a este lugar después de la muerte del príncipe? —se interesó el señor Patarricini.

—En efecto, aunque más bien lo que ocasionó mi llegada fue la falta absoluta de expectativas con relación a Clara. Podría decirse que la di por perdida. Ella hizo una apuesta sorprendente, manifestando un carácter único, así como una decisión hasta entonces desconocida, al menos para mí

—el señor Tropodikainos hizo entonces un breve silencio—. Logró cumplir su amenaza de abandonar la casa paterna —prosiguió—. Según sus propias palabras, no estaba dispuesta a sufrir lo que le quedaba de vida como lo había hecho aquella semana, asistiendo con horror a las fatídicas consecuencias de un enfrentamiento entre dos hombres por su causa. De ningún modo podía admitir que su sola presencia terminase por perturbar los sentimientos de cuantos la rodeaban hasta culminar, nada menos, que en la muerte. Tomó entonces la drástica decisión de desaparecer, y se propuso viajar en completa soledad por distintos países del mundo. Me consta que fue transformándose en otra mujer, tal vez más feliz, más acorde con sus hondas aspiraciones interiores.

—En cierto modo, se puede decir que ambos siguieron los mismos pasos —dijo el señor Patarricini.

—Si a lo que se refiere es a abandonar el mundo que conocíamos, lleva razón. Sin embargo, en mi huida llevaba conmigo el equipaje de un desalentador enojo. No digo con ello que Clara no sufriera, pero ella no tenía por qué olvidarme, se conformaba con alejarse de la escena en la que se había confrontado consigo misma. Por mi parte, yo me buscaba como si fuera un extraño para mí mismo, con el terror que me producía intuir que me era imposible vivir sin ella. Con esa intención subí a aquel risco que estamos viendo ahora: me preparaba para extirparla por entero de mi vida, siempre que mi pretensión fuese la de seguir viviendo, de lo cual no estaba del todo seguro.

Los ojos del señor Tropodikainos parecieron hundirse aún más, en contraste con sus afilados pómulos. De nuevo la sombra volvió a cruzarle la frente. Por unos instantes, el señor Patarricini alcanzó a saber el sufrimiento que debió soportar el señor Tropodikainos, un sufrimiento lejano que, en cierto modo, logró hacer actual a partir de la tensión del gesto y del ensimismamiento en la mirada.

—Tiempos difíciles, entonces —insinuó el señor Patarricini.

—Desde luego que lo fueron.

—Me pregunto por qué se decidió por este lugar.

—En realidad no fue algo premeditado, sino el resultado de un viaje que había hecho unos años antes —explicó el señor Tropodikainos—. Recordé estos paisajes agrestes, así como la posibilidad del aislamiento tras mi fracaso con Clara. Tan solo llegué movido por una intención: enterrarme en vida, por lo que no quise traer conmigo nada más que lo que entonces consideraba como imprescindible. En este sentido, cometí la ingenuidad, así como la osadía, de pretender sobrevivir como un ermitaño —admitió—. No prescindí, sin embargo, de unos pocos libros escogidos, cuya lectura, lejos de aplacar mi ánimo, lo perturbaron más si cabe. Hasta escribí algunas cartas a Clara en las que le manifestaba mi febril proceder, y cuyo recuerdo no deja de avergonzarme a pesar de todo el tiempo transcurrido. Ni que decir tiene que acabé destruyéndolas.

»Ahí la tiene —señaló de nuevo el señor Tropodikainos con un movimiento ascendente de la cabeza—, alrededor de esa cima transcurrió el tiempo más significativo de mi vida, el más inolvidable, durante el cual fui curando como pude mi herida, olvidado del mundo al que consideraba tan ineludible como cruel.

—Al parecer, el sufrimiento es la condición misma de la vida —sentenció el señor Patarricini.

Tras un breve silencio, acompañado por un impulso repentino de la brisa, el señor Tropodikainos continuó:

—Me parece que es imposible que podamos hacernos una idea exacta de cuanto nos pasa sin considerar nuestra frágil condición de sombras. Llegué a esta trivial conclusión mientras me mantuve oculto al juicio de los hombres. Incluso me atrevo a afirmar que no hace falta alejarse, ocultarse, minimizarse hasta el extremo de ausentarse por completo de la presencia de los otros. Nada se muestra con tanta evidencia al alma humana que su condición temporal. Definitivamente somos sombras desconcertadas ante el despliegue de nuestro propio destino.

—¿De qué serviría desaparecer antes de la desaparición definitiva? —preguntó el señor Patarricini.

—Quien lo hace, como fue mi caso, obedece tan solo a un impulso irracional, vehemente —el señor Tropodikainos cerró el puño al frente, como si quisiera atrapar algo invisible arrastrado por la brisa—, fruto de la juventud, de los contratiempos o de la incapacidad para sobrellevar la propia existencia.

—Habla como si hubiera tenido la tentación de acabar con su vida.

—A veces se piensa no tanto en acabar definitivamente como en asomarse al abismo que se abre a los pies de la irresistible libertad. En todo caso, no me refería a ello —aclaró—, sino al acto de la ocultación, que viene a ser algo así como optar por la muerte en vida: se continúa soportando la onerosa carga del dolor, junto a la ingenua tentación de no querer verse identificado con el dolor de los congéneres. Somos sombras, efectivamente, pero, por más que lo intentemos, no es posible, ni conveniente, alejarnos del resto de las sombras que nos rodean, y sin las cuales no nos es permitido entendernos del todo a nosotros mismos.

—Discúlpeme, pero me he perdido —atajó el señor Patarricini.

—Quiero decir que es imposible vivir en soledad, querer la soledad no pasa de ser nada más que un impulso, desentendiéndonos de cuantas sombras han contribuido a ser la sombra que somos.

—Además de privar a los demás de cuanto podamos ofrecerles —añadió el señor Patarricini.

—Como dijo el poeta, nada hay en la Tierra que esté solo.

—¿Entonces se arrepiente de su actitud de entonces?

—En cierto modo, sí —reconoció el señor Tropodikainos—, aunque el arrepentimiento no sirva de nada a estas alturas. Lo hecho, ahí quedará para siempre. Es imposible evitar del todo los errores, y no habrá quien entre en la tumba sin dejar detrás de sí un buen puñado de ellos. Cuando digo errores, me estoy refiriendo a cuanto tuvimos oportunidad de hacer a nuestro pesar, no a la retahíla de perversidades, más o menos asumibles, cometidas con nuestro pleno consentimiento.

»Más que arrepentirse —continuó—, uno se avergüenza de su propia juventud, tan poco dada a la moderación, esa época tan singular, qué duda cabe, y por otra parte tan breve, que impide la práctica de cualquier forma de ecuanimidad, en la que se goza y se sufre con desmesura, sin posibilidad alguna de evitarlo ni de escapar a su inconstancia.

—Cuando le escucho, me parece estar contemplando una gran amargura —dijo el señor Patarricini en el momento en que juntos iniciaban el descenso del camino que les había llevado a lo alto de la loma.

Las palabras que dijo a continuación el señor Tropodikainos parecieron no haber considerado lo que acababa de decir el señor Patarricini:

—Creo que fue Shakespeare el que nos dejó en una de sus obras la imagen de todos nosotros como muertos o durmientes. La vida no deja de ser una mera ilusión, y lamento estar incurriendo en un vulgar tópico al decir esto.

—También dijo que no estaba seguro de seguir vivo.

—Cada día que pasa, más me lo pregunto —aseveró el señor Tropodikainos—, y tengo la sensación de irme alejando de lo que fui, hasta el punto de no reconocerme en mi propio pasado. Es como si hubiera vivido otro que no fuera yo.

En ese momento, el señor Patarricini se percató de la premura que el señor Tropodikainos imprimió a su forma de caminar. Ambos se sumieron en un nuevo silencio que, en un momento dado, se rompió con una frase enigmática. El señor Patarricini no la recordaba con exactitud, pero era indudable su carácter concluyente. Como su acompañante había citado a Shakespeare, pensó que tal vez fuese algún verso del poeta inglés, aunque no descartaba que se tratase de una simple frase de invención propia. Se refería al hecho de recorrer un camino, si bien había empleado la palabra senda, dejando en el aire la paradoja de que todo itinerario conduce necesariamente a lo inamovible. Le sorprendió lo misterioso de aquellas palabras, así como el apresuramiento final.

No volvieron a dirigirse la palabra hasta el momento de la despedida. Llegados a la encrucijada, el señor Patarricini se vio tentado a seguir a cierta distancia a su incondicional compañero de paseo. Finalmente, se limitó a mantener la vista en la espalda de aquella figura que se empequeñecía a medida que avanzaba por el camino en dirección a un lugar indeterminado, con toda seguridad a un lugar inexistente o desconocido.

22 de septiembre

Aquella noche, el señor Patarricini no pudo conciliar el sueño. Se levantó de madrugada y recorrió el último trecho en el que siempre se despedía del señor Tropodikainos. Avanzaba con paso incierto, por detrás del brillante abanico de luz que emitía un farol. Sin saber por qué, en ningún momento abandonó la idea que le había martilleado durante aquella indómita vigilia: había un mensaje implícito en todo aquello, un indescifrable, por el momento, modo de proceder del destino que le había llevado a vivir aquellos días junto a su enigmático amigo, y cuya impresión en su conciencia se intensificaba a medida que crecía la oscuridad a su alrededor. Al tiempo que pensaba en la imagen de la sombra que el señor Tropodikainos había empleado para referirse a la existencia, se convencía asimismo de lo absurdo de ir a buscar el rastro de aquella otra sombra cuyo nombre era Tropodikainos.

Se cansó de avanzar, o bien se dejó invadir por el miedo. Por momentos, sintió que miles de ojos le vigilaban entre la espesura. Como buen conocedor del terreno, calculó el tiempo que le llevaría llegar hasta la atalaya de granito en la que vio por primera vez a aquel ser esquivo cuya identidad, a pesar de los días en los que se dejó acompañar por su presencia, se había cubierto por entero con un sutil velo de misterio.

Una vez más le asaltó la imagen de la sombra cuando las primeras luces del alba concedían un manto de piedad al paisaje que lentamente comenzaba a dibujarse en su retina. Los días de paseo y la conversación ofrecida por el señor Tropodikainos le habían hecho dudar de la realidad de aquellas vistas que conocía desde la infancia.

Cuando llegó al lugar del hipotético encuentro que tendría lugar como cualquiera de los otros días anteriores, se le ocurrió la extravagancia de esperarle escondido detrás de un arbusto. Pensó que tal vez no volvería a verle, que todo cuanto tuviera que comunicarle con relación a su vida no pasaría de inútiles escenas que nada añadirían a lo ya dicho, si bien, por otro lado, estaba convencido de que algo más trascendental le era escamoteado. Andaba perdido en estas fútiles consideraciones, preguntándose además si sería un hombre casado o si tendría familia, acaso si llegó tal vez a reconquistar el corazón de Clara, cuando se dejó vencer sin estrépito por el sueño.

Una caricia de la brisa en la frente consiguió despertarle. No supo el tiempo que había pasado durmiendo y, aunque se encontraba algo aturdido, estaba sereno. De inmediato tomó conciencia del embarazo que le provocaba aquella actitud de fingimiento, sentado sobre la hierba, sin saber muy bien qué es lo que se proponía encontrar. A juzgar por la altura del sol, el señor Tropodikainos ya debería estar llegando, como acostumbraba, erguido frente a él como un mástil sobre el balcón de piedra, mirando sin observar desde la altura, y con aparente altanería, la magnificencia virginal de ese paisaje que decía conocer.

Pese a que había contado en el pueblo lo acontecido durante aquellas últimas jornadas, pocos quedaban ya que pudieran darle noticia de aquel hombre joven que un día llegó a esta tierra con el ánimo herido y la perseverancia de un ermitaño; y, de entre esos pocos, nadie recordaba gran cosa, como si aquel capítulo de su propia historia se hubiera evaporado, o como si el extraño hubiese muerto, así como su fantasmagórica memoria. Fue entonces cuando el señor Patarricini consideró que todo está definitivamente asediado por el olvido, un olvido absoluto, cósmico, al modo como el silencio domina los valles cubiertos de hierba y retamas, los picos últimos, los barrancos, hasta alcanzar, como en un grito unánime, lo más profundo del cielo.

Recostado como un animal al acecho, dudó incluso de sus paseos junto a aquella presencia inusual y amena que le había acompañado. Mientras entornaba los ojos para mirar a lo lejos, se le presentó de un modo evidente que nada se acomodaba con precisión a lo que parecía ser, y aún resonaban en su interior las palabras de incertidumbre del señor Tropodikainos, la imposibilidad de reconocerse como uno más de entre los vivos.

Fue entonces cuando le pareció que subía por el sendero una silueta a primera vista desvanecida, casi insustancial. En su trayectoria se desdibujaba su todavía mínima presencia, oscurecida en ocasiones por efecto de la aún tímida sombra que proyectaban los árboles sobre el sendero. Al llegar a su altura, la imaginación del señor Patarricini insistió en atribuirle una naturaleza esquiva, incluso hasta inhumana, a pesar de que era el mismo señor Tropodikainos de aquellos últimos días, vestido, cómo no, de modo inadecuado para una nueva jornada de distendido paseo.

Desde su improvisado escondite, el señor Patarricini columbró que, de la imponente silueta, recortada un día más sobre el horizonte, emanaba esta vez una aflicción distinta, más intensa: ya no se trataba de la idéntica mirada perdida de otras veces, ni de la inconfesable incandescencia de la piel transparente que, en cierto modo, le horrorizaba, sino de un peso del cual sería ya imposible que diese cuenta en una nueva jornada de paseo juntos, puesto que en esta ocasión se mostraba insondable, y hasta parecía estar oprimiéndole como desde toda la eternidad.

Una desconocida

Llegado el final del día, solo aspiraba a aplacar mi espíritu buscando nada más que sosiego. Fue entonces cuando la vi.

Después de la comida —que se había prolongado hasta bien entrada la tarde—, tuvo lugar lo mejor de la animada conversación, en la que los presentes habíamos sacado asuntos de lo más entretenido, si bien por completo banales, en los que, por mera cortesía, entré con apacible discreción. Nos despedimos a nuestro pesar poco tiempo después, comprometiéndonos a la salida del restaurante a volver a vernos lo más pronto posible, agradecidos, por lo demás, de haber podido pasar un día tan feliz y en tan buena compañía.

Después de recobrar la soledad, tomé la primera calle a la derecha. Caminé con la libertad de quien no busca nada, con la gozosa sensación de no tener nada apremiante que hacer hasta montar en el coche y regresar a casa, a merced tan solo de mis pies y donde ellos quisieran llevarme, desprovisto por tanto de rumbo alguno.

Recorrí calles y plazas solitarias, en las que solo cruzaba algún gato, asustado por mi presencia. Dos niños jugaban con un balón sin excesivo entusiasmo, y al doblar para enfilar una calle estrecha y empinada, un par de ancianos departían sobre algún vulgar suceso acaecido en el vecindario.

Una vez sorteado el conjunto de calles, y admirada sin gran entusiasmo la sencilla arquitectura del lugar, quise adentrarme por una especie de adarve medieval de callejuelas en sombra. De repente vislumbré, como un tesoro oculto que no se dejara descubrir fácilmente, la incandescencia del mar crepitando de azul ante mis ojos asombrados. (Me parece que es bastante común el sentir de quienes, después de recorrer un lugar que se desconoce por completo, desembocan sin esperárselo frente a la vastedad ofrecida por el mar en plena consonancia con el cielo, ejerciendo en quien los ve el efecto de un imán de cuya atracción ya es imposible desasirse).

Después de recorrer con la mirada la extensión del puerto, me llevé la mano sobre los ojos, a modo de visera, para evitar el contraluz de los lánguidos rayos de un sol que comenzaba a descender.

Frente a mí, enmarcada por las líneas verticales que delimitaban la torre del faro, apareció la silueta de una joven. Sobra decir que este tipo de apariciones de última hora cautivan de tal modo mis sentidos, que me resulta imposible que no se me note. En cierto sentido, ella apreció mi interés, pero se hizo la desentendida.

Admito que anticipé que se trataría de una pobre desequilibrada, ese tipo de presencias que solo saben merodear, sempiternas, por las calles y los alrededores de cualquier pueblo o ciudad, demasiado bien conocida por todos y, al mismo tiempo, despreciada por casi todos. Hasta fantaseé con que se parecería, por qué no, un poco a mí, como una especie de alma gemela, irremediable buscadora de una de esas anheladas e intrépidas soledades que no es posible encontrar si no es a riesgo de echar nuestra vida a perder y de ser ignorado por el grueso de nuestros vecinos y amigos. De no haber pensado como lo hice, no habríamos estado en disposición de conocernos, pues ambos nos habríamos encargado de eludir la molesta presencia del otro. En mi caso, esta posibilidad comenzaba a ser más que remota, pues la joven, tal vez porque su sola presencia removió algo desconocido dentro de mí, me gustaba.

Apoyada contra el muro de hormigón del pequeño faro, con los brazos doblados detrás de la nuca y los ojos cerrados, parecía estar posando para un fotógrafo inexistente. Poco después advertí que estaría tratando de aprovechar los últimos rescoldos de sol, o bien se esforzaría en aspirar la brisa marina, al tiempo que quizás pretendiese atrapar el momento para retenerlo dentro de sí, buscando esa sensación que, a la menor oportunidad, se atesora y se rememora, a voluntad, una y otra vez. Esto mismo, aunque con otras palabras, fue lo que terminó explicándome más tarde.

De una manera sorprendente incluso para mí mismo, me acerqué hasta ella y le dirigí la palabra:

—Esta es la mejor imagen que he visto hoy —le solté la primera estupidez que me vino a la cabeza. Por primera vez no me importó lo más mínimo; tan solo quería hablar con ella. Abrió despacio los ojos y me miró como quien mira a alguien conocido. Creo incluso que llegó a sonreír.

—¿Por qué lo dices? —respondió preguntando.

Fue este el momento en que me vi tentado a soltar una perorata, algo que tuviera cierta delicadeza, que adornase la primera impresión que me causó su presencia en aquel entorno del puerto, en mitad de la tarde soleada junto al mar. Pero no lo hice. Me limité a devolverle la mirada, creyendo haberle respondido de la mejor manera con mi silencio.

Lo que no pude evitar fue que el corazón me latiera como un tambor. Puede que ella lo escuchase, si bien en ningún momento dio muestras de ser una mujer tan común como para turbarse por tan poca cosa. Por el contrario, el confundido fui yo cuando, sin mediar palabra, me cogió de la mano.

—Ven —dijo, y me arrastró con ella en silencio durante el trecho que recorrimos en dirección a algún preciso lugar que yo desconocía.

Admito que accedí con gusto, movido por un entusiasmo un tanto infantil. Por otro lado, no dejaba de pensar en que tal vez seríamos vistos por los habitantes del pueblo, ese mismo pueblo que a buen seguro sabría quién era ella. De nuevo volví a imaginarme su probable trastorno, y a mí caminando a su lado: de repente me había convertido en su presa. Incluso esperaba que, de un momento a otro, a la vuelta de cualquier esquina, en la misma calle o desde lo alto de algún balcón, algún alma predispuesta a la caridad, o inclinada a la sorna, le gritase que dejase en paz al forastero. «Muchacha, suelta la presa», resonaban desalentadoras las palabras en mi interior.

Por fortuna, no me vi en una situación tan incómoda.

Recorrimos algunas de esas mismas calles por las que deambulara tan solo unos minutos antes. A veces me soltaba la mano y avanzaba unos pasos por delante, volviéndose para echarme una mirada tan cautivadora que me hacía seguirla como hipnotizado. Cuando lo hacía, me permitía admirarla por entero, y de este modo me iba acostumbrando a su aparente fragilidad, así como a su belleza, que permanecía casi oculta y en cierto modo mitigada, como si necesitase ser descubierta.

Desde luego, ella conocía a la perfección el que para mí no era más que un laberíntico entramado de calles. Incluso llegué a perderla en un par de ocasiones. Cuando en la última de ellas creí que la había perdido del todo, decidiendo desaparecer para siempre dándome esquinazo, irrumpió por detrás con la intención de taparme los ojos con las manos, amortiguando sus risas infantiles hasta convertirlas en alegres jadeos.

—No pongas esa cara, hombre —dijo, riendo y correteando como una chiquilla a mi alrededor.

De regreso al puerto, subió con enorme destreza a una barca de pesca. Mientras yo la miraba entre divertido y asustado, ella hacía el ademán de estar remando, no sin esfuerzo, frente a un imaginario oleaje. Admiré no solo su actitud, que me devolvía el entusiasmo vivido en otros tiempos, sino la composición de una estampa que me sería muy difícil olvidar: su grácil presencia, rodeada del color azul cielo con el que estaba pintada la barca, bamboleándose levemente sobre las oscuras aguas salpicadas con los reflejos de las farolas ya encendidas.

Después de aquellos infantiles escarceos, hubo un momento en el que todo volvió al sosiego, y el gesto se le nubló. Pareció como si hubiese recordado algo singularmente triste o amenazante.

Apoyó su cabeza en mi hombro y me condujo con paso cadencioso, con un aplomo que hasta ese momento yo desconocía, en dirección a la calle más empinada del pueblo. Esta subía bordeando la ladera de un montículo sobre el que se alzaban los restos de lo que debió ser en otro tiempo una fortaleza. No obstante, del pasado esplendor del lugar no se conservaban más que una almena y parte del lienzo de mampostería de la gruesa muralla.

En el lugar había algunos turistas en busca de la foto más pintoresca, encaramados como cabras a las piedras milenarias. Sin pensarlo dos veces, ella se puso a hacer lo mismo, y de nuevo volvió a reír y a practicar posturas inverosímiles, mientras yo la miraba complacido.

Al quedarnos solos, y ya cuando el sol se encontraba hundiéndose por detrás de la línea infinita del horizonte, buscamos un recodo apartado desde el que se avistaba de un lado el mar y, del otro, las casas apiñadas del pueblo, teñidas por la cálida tonalidad de las últimas horas de la tarde.

Tuvo ocasión una vez más para refugiarse en la turbación. Aprecié entonces la profundidad de unos ojos verdes que se perdían soñadores en la lejanía. La brisa del mar le agitaba el cabello y, de vez en cuando, se lo apartaba con delicadeza de la cara.

El tiempo se diluía mientras nos mantuvimos en silencio. Por mi parte, detestaba la idea de que el día estuviese llegando a su fin, y que con él desapareciese también aquella ensimismada cercanía, a cuyos pies mi agitación había venido a morir para dar paso a una conformidad algo afligida, pero expectante. Aunque ambos mirábamos al frente, sin embargo no podía dejar de echarle algún que otro vistazo furtivo, y así me iba dejando conmover por su silenciosa presencia.

Como si se hubiese percatado de mis pensamientos —o de lo que no era posible pensar sin verse uno de tal modo estremecido—, a veces ella también me miraba. Entonces los rizos de su pelo le tapaban la cara, y a continuación se los retiraba para dejarme ver sus ojos, que en esos momentos se despojaban de su aire melancólico y me sonreían.

En una de esas ocasiones en las que, después de mirarme, volvió a perder su mirada en la distancia, por fin rompió su silencio. (Hace tanto tiempo de esta historia, que a duras penas recuerdo algo más que sus delicadas lamentaciones por lo que pudo ser una infancia distinta, tal vez más feliz).

Tendré siempre presentes, no obstante, las escasas palabras que pronunció, acompañadas de un gesto torvo, aunque desprovisto de resentimiento; pero sobre todo las sonrisas que me ofrecía al terminar cada frase, como solicitándome un perdón incómodo y que no me correspondía a mí dispensárselo. Llegados a este punto, me subió hasta la garganta un ardor provocado por mi imperiosa necesidad de besarla. Solo me atreví a acercarme hasta su rostro imperturbable y cubierto de sombras, dejándome invadir por una ansiedad imprecisa y un temor casi reverencial.

Me conmovieron en lo más profundo las palabras que siguieron. Fueron las últimas antes de bajar al pueblo y despedirnos como lo harían dos cómplices de una oculta fechoría.

Recitó con tal dulzura mientras me miraba a los ojos, que no he podido jamás recordar aquel último episodio sin la más dichosa perplejidad:

—Si así el alma inconsciente fuese, encendida sombra, de la vida hasta la muerte.

Al llegar a casa, en la ciudad, lo primero que hice fue escribir aquella frase que tanto se parecía a un verso, mientras no dejaba de ver sus ojos, y los labios moviéndose mientras la recitaba.

Aquella semana el trabajo me abrumaba como pocas veces me había ocurrido, al tiempo que me hacía consciente de que nada era lo suficientemente importante como para precisar de mi continua presencia, torturado además por la fatal sensación de que el tiempo no transcurría.

De ahí que, cuando por fin llegó el viernes, y sin importarme cuándo regresaría, me apresuré a recorrer los ochenta kilómetros que me separaban del pueblo costero.

No esperé a la mañana siguiente para lanzarme, con ímpetu renovado, sobre el escenario que volvía a reconocer como algo propio. Durante la tarde del viernes, recorrí en varias ocasiones el laberinto de calles y plazuelas, el puerto y el faro de hormigón donde me fue dado verla por primera vez. Llegada al fin la noche, callejeé sin descanso, así como al día siguiente. Detestaba tener que pasar por el trance de preguntar por ella sin poder ofrecer dato alguno sobre la desconocida, mientras una pesadumbre empezó a aparecer, como un funesto presagio, dentro de mí: no le había preguntado su nombre ni tampoco le había propuesto citarnos en algún lugar reconocible para ambos, tal vez ese mismo lugar donde me ofreció la inolvidable profundidad de su mirada. De este modo tan sombrío me convencí de que los momentos de gracia son, además de inequívocos, irrepetibles.

Mientras tanto, la angustia me obligaba a acariciar dentro del bolsillo el papel en el que había escrito su frase, el verso que ya me sabía de memoria de tantas veces como lo había leído y recitado en voz alta.

Antes de montarme en el coche para emprender el viaje de vuelta, aún tuve tiempo de girarme para mirar por última vez las manchas opacas que dibujaban las casas de pescadores, y hasta quise engañarme al dejar que mi imaginación la viera a lo lejos, en la misma postura con la que me deslumbró con su inocente embrujo.

Solo volví a aquel pueblo de la costa en una ocasión más después de aquel último fin de semana. Lo hice con el mismo aire de despreocupación de la primera vez, sin ánimo alguno de que se propiciase un nuevo encuentro, casi como una forma de milagro. Puedo asegurar que me asaltó una alegría distinta y conmovedora: la que concede el bienestar de ver amanecer con el recuerdo de un hermoso sueño.

Zona de operaciones en la vida de la señora Luna

Cuando suena el anticuado motor del ascensor, Leopoldo se abalanza sobre la mirilla de la puerta. Espera con expectación a que se abran hacia adentro las puertas acristaladas de caoba de la caja, así como el enrejado que las protege. Su deseo es siempre el mismo: que emerja de su interior la señora Luna, cargada como acostumbra con paquetes de regalo, que casi le tapan la cabeza, y bolsas de celofán. No le importa lo más mínimo a qué se debe un ritual tan compulsivo, en qué tiendas se abastece hasta reunir todo el cargamento y, mucho menos, de dónde sale el dinero para pagar lo que en apariencia no son nada más que caprichos. Hay que decir, eso sí, que procede del mismo modo al menos tres días a la semana, sin que nadie pueda saber con seguridad cuáles son los elegidos por la señora Luna para llevar a cabo sus compras, de modo que Leopoldo se amolda con gusto a esa arbitrariedad, obsesionado por calibrar con pericia el traqueteo del viejo ascensor.

En todas las ocasiones, la señora Luna lleva consigo a su mascota, un schnauzer de ensortijado pelo entre gris y azulado cubriéndole la parte anterior de la cabeza. Al contrario que su dueña, que jamás hace por percatarse de que Leopoldo, su vecino, pudiera estar contemplándola a través de la mirilla, el perro se vuelve con desenvoltura para olisquear lo que a él le parece una presencia amenazadora detrás de la puerta. A Leopoldo le inquieta sobremanera que al animal le dé por gruñir, o por levantar la pata y orinar, como tuvo ocasión de comprobar con disgusto un día al que hubo de calificar como fatídico.

No puede asegurarse que a Leopoldo le atraiga la señora Luna; desde luego, no en el sentido que todos atribuirían a una expresión como esta. Si alguien le preguntara, no tendría remilgos en reconocer que le satisface coincidir con ella a la hora en que ambos depositan la bolsa de basura en el rellano de la escalera. Pero solo eso. La primera vez fue para Leopoldo algo así como una epifanía: detrás del albornoz entreabierto de la señora Luna se desbordaba la masa compacta, pero blanda, de un muslo blanco que admiró hasta dejarlo paralizado, casi inerte. Por detrás, el schnauzer de color gris vigilaba el ensimismamiento de Leopoldo como si comprendiese que se trataba de un gesto cuando menos inadecuado, atento a impedir que el entrometido pretendiese dar un paso en falso en dirección a su dueña.

Pero la admiración de Leopoldo solo llega hasta el muslo. A veces piensa en él como sustituto de la identidad del cuerpo del que forma parte, y le parece una extravagancia que no puede evitar. No se interesa por lo que hay debajo, la rodilla incluida, ni, por supuesto, se adentra en los escondidos territorios que se ocultan por encima. De hecho, se cohíbe a la hora de admirar los detalles del rostro oblongo de la señora Luna, con sus ojos abotargados pero pizpiretos, culminados por largas y flexibles pestañas postizas que le dan un aire de mujer sofisticada.

Se podría afirmar que a Leopoldo solo le mueve una curiosidad absorbente, sobre todo cuando la señora Luna abre la puerta de su vivienda después de buscar las llaves en el interior de un minúsculo bolso, que logra encontrar tras bruscos malabares con los que a duras penas logra desembarazarse de su incontenible volumen de mercancías. Mientras la puerta permanece abierta, Leopoldo hace repaso de lo que se dice en el edificio de su enigmática vecina, de lo que podría estar ocultando en la vivienda, así como de los vaivenes innumerables, las entradas y salidas de extraños individuos a los que la señora Luna acoge con la hospitalidad de una madre abnegada.

Haciendo acopio de un arrojo con el que no cree contar, un día Leopoldo pulsa el timbre del piso. Su vecina le recibe con el mismo albornoz con el que aparece ataviada en el rellano, y una sonrisa acogedora se derrama sobre él como una luz apaciguadora, casi familiar, que lo colma por entero. No le pregunta qué desea, sino que, en contra de toda previsión, le invita a pasar. Leopoldo permanece unos segundos paralizado en el umbral, hasta que comprende con certeza quién lleva la iniciativa. Imagina que la señora Luna conoce la psicología masculina como nadie, de ahí su atrevida disposición para cogerle de la mano e introducirle en el sanctasanctórum que ha provocado en su vecino un interés insano durante tanto tiempo. Sin soltarle, le guía decidida a través de un largo pasillo. Leopoldo comprueba que la vivienda se organiza como la imagen especular de la suya: cada tramo se distribuye al revés. No obstante, el lugar desprende un olor agradable, que parece estar rezumando de las paredes y de la blanda moqueta de color granate (de hecho, no concibió en ningún momento que aquel piso, objeto de su mayor interés, no se hallase envuelto en un aroma de matices afrutados, algo así como una mezcla ponderada de lavanda y cardamomo).

A medida que se adentran más, Leopoldo observa la presencia de un fontanero tumbado en la cocina y, más adelante, es un tapicero, eso es lo que le explica la señora Luna, el que en mitad de una habitación maniobra trabajosamente con una de las butacas. Por todos los lados abunda una profusa decoración compuesta de anaqueles, espejos con marcos tallados y una colección de cuadros que representan paisajes exóticos, marinas y algunos retratos de la dueña, vestida para diversas ocasiones: como gran dama a punto de asistir a un concierto, ataviada de modo deportivo y como amazona, posando después de una multitudinaria cacería. Todo ello envuelto en una acogedora penumbra que es la causante de que Leopoldo esté a punto de tropezarse con el schnauzer, que dormita apaciblemente en un rincón.

—Silencio, Teo. Sé amable con los invitados —le ordena la señora Luna para que deje de gruñir.

A continuación, invita a Leopoldo a tomar asiento en el sofá que ocupa el centro de una amplia sala de té de lo más acogedora.

—Ponte cómodo, cielo —a Leopoldo este tratamiento tan familiar le produce una extraña consternación. A continuación, la señora Luna hace ademán de regresar por donde ha venido, y desaparece.

—Este es el lugar de la casa que más me gusta.

Leopoldo da un respingo al escuchar por detrás una voz masculina que procede de un individuo apoyado en la pared. El hombre, al comprobar el efecto que su inesperada irrupción ha provocado en el recién llegado, hace un gesto de calma con las manos, como pretendiendo disculparse. Viste un traje beige, con un lazo negro al cuello en lugar de corbata, y posee un sorprendente aspecto cadavérico. Leopoldo lo considera inofensivo.

—Permítame que me presente —dice—: me llamo Óscar y mi función en esta casa es hacer labores de asesoramiento y de apoyo emocional —después de tenderle una mano afable, con gesto en apariencia tímido indica en dirección a la puerta por donde acaba de salir la señora Luna.

La presencia impávida de Leopoldo invita a que el hombre continúe:

—Veo que se encuentra sorprendido, pero no tiene por qué preocuparse. Todos hemos pasado por una situación bastante parecida.

—¿Todos? —dice Leopoldo.

—Comparo a la señora Luna con un imán que atrae a cuantos hombres la conocen, hombres como usted y como yo.

Por más que lo piensa, Leopoldo es incapaz de encontrar ese algo invisible que sirva de aparente evidencia que pudiera identificarle con el desconocido.

—No he tardado mucho, ¿verdad? —dice una señora Luna esplendorosa y sonriente al irrumpir en la sala. Se ha desprendido del albornoz y aparece con un bonito vestido azul oscuro y entallado, de modo que se aprecian las amplias redondeces de su talle ampuloso. Óscar la contempla complacido—. Como veo que ya os conocéis, es hora de que pasemos los tres una grata velada.

La señora Luna vuelve a coger a Leopoldo de la mano. Esta circunstancia no parece molestar a Óscar, y los tres bajan juntos a la calle. Toman a continuación un taxi, acomodándose dificultosamente en el asiento de atrás.

La cena se desarrolla de un modo amigable, dispuestos los tres alrededor de una mesita circular de mármol rosa.

—Es necesario convocar una junta extraordinaria en la que se diluciden nuevas propuestas, sin olvidarnos de poner de manifiesto algunas nuevas estrategias destinadas a una acción más incisiva —advierte Óscar después de chupar la cabeza de un langostino.

—Cuanto antes, mejor —dice la señora Luna—, que terminamos siempre por demorar los asuntos importantes, y luego solo encontramos obstáculos innecesarios.

—Con lo que eso supone, además, de decaimiento general del ánimo.

—No cabe la menor duda —la señora Luna agarra con ambas manos la taza del consomé, sorbiéndolo a través de la disposición aflautada de los labios—. Pero estamos aburriendo a nuestro querido amigo —advierte a Óscar mientras vuelve el cuello en dirección a su acompañante.

Leopoldo esboza una leve sonrisa, de la que no se deduce en absoluto alguna forma de malestar. Disfruta a su modo de la suculenta cena y presta oídos a la extraña conversación que mantienen sus recientes amigos. Le parece mentira a Leopoldo estar viendo desde otra perspectiva a la señora Luna. Esta acaba de pasar de ser un sueño imposible, el vago objeto de su extraño deseo, a concebirla como la amigable anfitriona de una noche única.

Se escucha de repente un murmullo. Los pocos clientes que se encuentran en ese momento en el restaurante se entusiasman ante el inminente comienzo de una actuación. Entonces Leopoldo se percata de que hay un pequeño escenario al fondo de la sala. La señora Luna parece exultante y aplaude con vehemencia.

—Vas a ver lo que es bueno, muchacho —le dice a un Leopoldo demasiado absorto como para articular palabra.

Presenta el espectáculo un figurín que, visto de lejos, parece que tiene cubierto el rostro con una máscara de cera. Lo hace con un fervor fingido, pero lo sabe transfigurar con los giros de su voz, transmitiéndolo con medida inteligencia a los espectadores. Sus aspavientos meticulosamente estudiados, así como el engolamiento que utiliza para elogiar las virtudes de la actuación que va a tener lugar, anticipan el ingreso al escenario de una mujer pequeña y que da la sensación de ir en parte desnuda.

—Es la gran Marceline Messaline —le grita la señora
Luna a Leopoldo—. Vas a asistir a un espectáculo extraordinario —insiste, aunque esta vez se lo dice sin mirarle.

A partir de aquí, todo va a ser electricidad y furor, hasta
el punto de que no tendrá lugar ni un solo instante de decaimiento. La señora Luna y Óscar bailan abrazados, imitando
los movimientos que madame Marceline Messaline ejecuta
desde el escenario. La música retumba en las paredes del
restaurante y en las sienes de Leopoldo, que es el único de
entre los clientes que aún no se ha levantado de su asiento.
Por fin la señora Luna vence su resistencia y, aunque se siente
ridículo, accede a salir a bailar, dejándose arrastrar por los
fuertes tirones que le aplican los brazos rollizos de su vecina.
Tiene la oportunidad única de cogerla por el talle algo
robusto, si bien lo hace con prudencia, como quien ofrece
entre los dedos temblorosos una flor, de ahí que le cueste
coordinar el movimiento de los pies con la sensación de
que algo desconocido comienza a derrumbársele por dentro.

Mientras tanto, la música no deja de sonar. A una canción le sucede otra, y otra más, alentadas por los entusiastas aplausos y vítores de los comensales. Leopoldo se disculpa con la señora Luna y le dice que necesita ir al excusado.
Cuando regresa, comprueba con estupefacción que madame
Marceline Messaline acaba de abandonar el escenario y se
encuentra cantando en mitad del público; la pequeña estatura de la mujer impide saber dónde se encuentra con exactitud, salvo cuando estira los brazos y estos emergen, como
moviendo el aire, por encima de las cabezas que la rodean.

En el momento en que Leopoldo se dispone a volver a su
asiento, nota el peso de una mano en su hombro. Madame
Marceline le coge con firmeza del brazo y acerca su mínimo
cuerpo al del elegido: parece como si le estuviera dedicando
una canción, o practicando tal vez un desconocido ritual de

apareamiento, del que Leopoldo pretende librarse con un inusual entumecimiento de todo su cuerpo. De hecho, no escucha sino un leve zumbido. El silencio anida en su cabeza en el momento mismo en que advierte que se ha convertido en el centro de todas las miradas; a su vez, se apodera de él una extraña sensación de quietud: con el cese de todo movimiento, Leopoldo no puede hacer otra cosa que fijarse en la mirada lobuna de madame Marceline. Sus ojos son de color ámbar, penetrantes y dulces, ásperos y tonificantes como un licor, y hasta cierto punto amorosos, incluso tristes, si uno se asoma al fondo de su fría luz. Como no es capaz de aguantar el poder de esa mirada, baja los ojos con modestia hasta el mohín congelado de la boca, como preparada para lanzar una palabra que no termina de dejarse pronunciar. De repente escucha la modulación de alguna palabra, si bien no alcanza a entender lo que esta significa. ¿Ha terminado ya la canción? Al parecer, está acercando los labios hasta su oreja para felicitarle sin saber por qué, o tal vez para sugerirle alguna cosa que no termina de escuchar con claridad.

De vuelta al escenario, madame Marceline acomete la que parece ser la parte más esperada de la función: siguiendo el ritmo de tambores frenéticos, el pequeño cuerpo de madame Marceline se mueve de un modo convulso, puede decirse que irreverente, hasta el punto de que las escasas prendas que la cubren terminan desperdigadas por el suelo del escenario.

—Leopoldo, ya te avisé de que esta mujer es única —dice la señora Luna a su paralizado acompañante.

Concluido el desenfreno final, regresa madame Marceline a la mesa donde se halla la señora Luna junto a sus amigos, en el preciso momento en el que acaban de descorchar una botella de champán.

Madame Marceline luce un vestido corto de lentejuelas y presenta el cabello brillante y estirado sobre la nuca. Los dos hombres se levantan en señal de deferencia ante la presencia femenina que, además de atractiva, esta noche se muestra extremadamente cordial con todo el mundo.

—Has estado fabulosa, como siempre —le dice la señora Luna.

—Muchas gracias, querida. Sabes por experiencia que esa es la intención que pongo en cada uno de mis espectáculos —responde madame Marceline Messaline.

—A fe mía que lo ha conseguido —apostilla Óscar.

La diva se sienta junto a Leopoldo, que se mantiene ensimismado, y advierte a todos de que no dispone de mucho tiempo. Pide más champán y, mientras habla con la señora Luna, mira de reojo al desconocido. Por fin la señora Luna hace las debidas presentaciones. En ese momento, Leopoldo cae en la cuenta de que no hacía mucho que la señora Luna había pronunciado su nombre y, sin embargo, no tiene conciencia de habérselo dicho ni una sola vez a lo largo del día.

—Umm, ¿no será usted uno de mis admiradores secretos? —dice madame Marceline fijándose abiertamente en Leopoldo.

—Desde esta noche puede considerarme uno de ellos.

—Qué galante es nuestro nuevo amigo —le dice madame Marceline a la señora Luna—. Es una lástima que tenga que marcharme enseguida —con la copa en los labios, le lanza a Leopoldo una mirada seductora.

Esa es la última imagen que Leopoldo guarda de la artista. Cuando esta se despide, los dos hombres de la mesa se levantan, caballerosos.

—No me olvides —le responde la señora Luna con un tono enigmático.

Enseguida Óscar pide al camarero una botella de vino. Mientras, el tiempo transcurre con los tres amigos bebiendo sin interrupción.

La noche concluye con un hecho inesperado y, en cierto modo, premonitorio (así lo interpreta la mentalidad de Leopoldo): por una de las ventanas ha irrumpido un pájaro, que logra entusiasmar de nuevo a los clientes que aún quedan en el establecimiento. El desorientado animal dibuja entre las mesas un vuelo quebrado y asustadizo, golpeándose contra todo lo que encuentra a su paso. Para Leopoldo, lo irreal de la escena cuenta además con el desvanecimiento propio que le procuran los efectos del alcohol.

—¡Abran paso! —grita de repente, sorprendiéndose de su impulso inesperado, mientras se encamina con paso vacilante en busca del desorientado animal, ya exhausto.

Cuando al final se inclina para recogerlo de uno de los mostradores repleto de vasos vacíos y de botellas de licor, advierte por primera vez en qué consiste una verdadera entrega sin condiciones, algo que le parece demasiado cercano a la derrota. La inocencia del ave, recluida en un espacio que le es ajeno, le conmueve hasta el punto de creer que acaba de hallar un recoveco insospechado, y por ello desconocido, en su alma. A continuación, devuelve el pájaro al cielo nocturno a través de la misma ventana abierta por la que acababa de entrar.

Después de esta última escena, deciden abandonar el local a altas horas de la madrugada. Desde el taxi al que han subido a duras penas para regresar a casa, se ve tan solo el discurrir efímero de las calles desiertas. Leopoldo aprovecha para echar un sueño con la cabeza apoyada en una de las ventanillas. El traqueteo final le hace despertar, y tiene la sensación de asistir al despliegue de un sueño en el que abundan las imágenes inconexas; entre ellas, un pájaro aleteaba marcando el ritmo de una música de orquesta en sordina, como encerrada en el interior de una habitación distante.

La señora Luna se despide abrazando a Leopoldo con una efusividad que le provoca un incómodo aturdimiento. Óscar necesita hacer aún el último trayecto que lo devuelva a su casa, por eso permanece en el interior del taxi; cuando el vehículo se aleja, observan cómo, desde la ventanilla trasera, hace un tímido gesto de despedida con la mano.

A la mañana siguiente, Leopoldo se levanta con un intenso dolor de cabeza. Parece como si le hubieran clavado un puñal en mitad de la frente y la hoja metálica se extendiese en todas las direcciones por el interior del cráneo. Para aplacarlo un tanto, se obliga a no pensar en madame Marceline Messaline ni en el retumbar de los tambores del final de su espectáculo, pero le resulta imposible.

Como en otras ocasiones en las que barrunta que va a dejarse invadir sin remedio por la ansiedad, decide acercarse a la entrada y entreabrir la puerta, a la espera de que aparezca una vez más la señora Luna. No sabe qué es lo que se halla en la vida de su vecina que tanto le atrae. A veces, incluso, no puede evitar cerciorarse de que lo que le provoca es una especie de malsana incomodidad.

Puesto que la espera se le está haciendo insoportable, resuelve hacer lo que, con diferencia, más le reconforta: del interior de uno de los armarios saca el álbum familiar y repasa por enésima vez las fotografías que conoce de memoria. Le provoca una gozosa satisfacción comprobar en qué página aparece su imagen con tan solo seis meses de vida, tumbado bocabajo sobre una especie de improvisada esterilla; o esa otra en la que, en brazos de su padre, mira al fotógrafo con cara de indefensión, pero a su vez con ojillos de permanecer en disposición de comenzar a entenderlo todo. A continuación, vienen innumerables imágenes de la infancia junto a unos padres ya mayores, casi ancianos, y rodeado de personas de las cuales no ha tenido jamás noticia alguna.

Leopoldo no suspira al contemplarlas porque carece de un sentido íntimo del tiempo; de ahí que no se deje perturbar por ninguna forma de nostalgia, tan solo se limita a pasar las hojas del álbum y a retener con precisión en su retina y en su ánimo unas imágenes que carecen para él de cualquier sentido.

Irrumpe de repente en la habitación el anfractuoso sonido del timbre. Al levantar la cabeza, Leopoldo alberga la esperanza de que se trate de la señora Luna. Cuando abre la puerta, la encuentra ataviada con un albornoz distinto, más esponjoso, que la envuelve hasta dotarla de un espacio propio, inaccesible para los extraños, y que a Leopoldo le resulta del todo ajeno. Siendo la misma señora Luna, parece otra señora Luna, por momentos más distante. A juzgar por la hechura y disposición de la nueva prenda que ve por vez primera, no precisa fijarse para saber, casi con toda seguridad, que ninguno de los muslos de la señora Luna aparecerá ante su vista para ser admirado como se merecen. Por su parte, el schnauzer de pelo gris la acompaña y se entretiene en olisquear las zapatillas de Leopoldo.

—Teo, no molestes a nuestro amable vecino —le recrimina la señora Luna con ese tono dulce que Leopoldo casi había olvidado—. Te hice esto para el dolor de cabeza —le alarga entre las manos una taza humeante—. La velada fue intensa, ¿no te parece?

—Inolvidable. Gracias —acierta a responder Leopoldo. Le gustaría añadir que no era necesario, que no tenía por qué molestarse, o que está conmovido por su inmensa generosidad, pero no dice nada.

En ese momento, descubre por detrás de la señora Luna el comienzo de un trasiego inusual de personas. Como una fulguración, Leopoldo comprende de inmediato las murmuraciones que ha venido escuchando, las quejas acerca de los ocasionales movimientos de gente que tienen lugar en casa de su vecina. Lo que no entiende es que él no se haya percatado nunca de algo tan insólito: se trata de un desfile ordenado y silencioso que discurre entre el ascensor y la vivienda, preocupado por mantener la puerta abierta para impedir la interrupción de la comitiva, y que termina por deslizarse en el interior con una desconcertante naturalidad.

Cuando la señora Luna advierte la extrañeza que la escena produce en Leopoldo, se apresura a tranquilizarlo:

—No te asustes, muchacho. Esto es de lo más habitual; salvando las distancias, un acontecimiento tan común como ver amanecer cada mañana.

Quienes llegan y acceden a través de la puerta son individuos, todos hombres, correctamente vestidos, como si acudieran invitados a un acontecimiento solemne, respetuosos con unas reglas de etiqueta impuestas para la ocasión. Algunos de ellos saludan a la señora Luna levantando el sombrero un palmo por encima de la cabeza.

—No tengo más remedio que dejarte —le advierte a Leopoldo—. El deber me reclama, y aún tengo que acicalarme —al decir esto último, inclina la cabeza en dirección a la puerta por donde se ha colado el último de los visitantes—. Desde luego, no hace falta que te diga que estás invitado a pasar cuando lo desees.

Leopoldo regresa al álbum familiar, a partir del cual despliega las escenas de un pasado que, a medida que transcurre el tiempo, identifica más con una borrosa ensoñación. En cierto modo le permite acomodarse con mayor serenidad al presente. Muy pocas de aquellas caras, incluso las de quienes fueron sus progenitores, son identificadas con exactitud; la mayoría no se corresponde con nadie que Leopoldo haya conocido en el pasado. Vuelve una vez más a poner a prueba su entrenada memoria, así como la catalogación de las imágenes según las páginas y los años rotulados por aproximación. A esta secuencia mínima se reduce su peculiar historia.

Mientras pasa las páginas del álbum una y otra vez, Leopoldo va asumiendo que el capítulo más real de su vida es el último, para el cual, paradójicamente, no existe una fotografía que lo atestigüe. En este capítulo final, sin embargo, todo se emborrona delante de sí, menos la imagen conmovedora de la señora Luna saliendo de nuevo de la metálica jaula del ascensor, del mismo modo en que a través del albornoz apareció un día la masa delicada y cadenciosa de uno de sus muslos.

Sin pensárselo dos veces, Leopoldo sale con decisión de su casa. Presiona el timbre de su vecina. Casi inmediatamente abre la puerta uno de aquellos individuos que acababan de entrar. El hombre viste traje y chaleco, ambos negros, a juego; la corbata es del mismo color y resalta como un trazo rectilíneo de tinta sobre la camisa blanca y, en apariencia, almidonada.

—¿Viene a la convención? —le pregunta a Leopoldo. Este baja los ojos y solo acierta a mover la cabeza afirmativamente—. Sígame —dice el hombre de negro y, a continuación, recorren las mismas dependencias que había recorrido Leopoldo un día antes: la penumbra es idéntica en el pasillo y en la casa en general, si bien a Leopoldo le parece que en esta ocasión algo distinto flota entre los muros que la hace diferente. Por lo demás, permanece aún el tapicero en el lugar en el que se encontraba, bregando con el mismo sofá; el fontanero, sin embargo, ya no está. Cuando llegan al final del pasillo, se percata de que el rincón lo ocupa la pelambre grisácea del schnauzer; esta vez dormita complacido y no muestra intención alguna de gruñir.

—Espere aquí su turno —dice el guía, y Leopoldo ingresa en la sala donde tuvo la oportunidad de conocer a Óscar. Por más que lo busca con la mirada, no se encuentra ahora aquí; sin embargo, el lugar se halla abarrotado de los mismos adustos individuos que había visto entrar hacía solo unos minutos antes. Lo que abunda es la sintonía del color negro de los trajes, con la corbata a juego sobre las camisas blancas almidonadas, en una monotonía que realza el silencio imperante, alterada tan solo por la insolencia que suponía el atuendo vulgar de Leopoldo, así como por su desconocimiento de la aparente formalidad que le rodea y, a su manera, le inquieta.

Teo, el schnauzer, acaba de levantarse y estira el lomo rizado delante de la presencia de una sombra que se le acerca. Es el cicerone del traje negro que, al llegar al umbral de la puerta, pronuncia un nombre con voz campanuda y audible por todos. Se levanta entre los presentes un hombrecillo grácil.

—La señora le espera —el recién incorporado hace ademán de apresurarse; abandona la sala detrás del acólito, que le indica a qué puerta ha de dirigirse. Leopoldo advierte que el hombrecillo lleva un papel en una mano, mientras que en la otra sostiene un pequeño objeto cubierto con un envoltorio especial.

Desde el interior de la habitación se escucha la voz de la señora Luna invitándole a entrar. Leopoldo sospecha que ahí se encuentra el boudoir, el lugar favorito de su propietaria, la habitación más importante de la casa, desde la que se desliza una luz tenue cuando se abre la puerta para que el hombre entre. Se conmueve, pero no sabe a ciencia cierta por qué, cuando escucha la aterciopelada voz que sirve de bienvenida al invitado.

¿Lo recibirá con un vestido de exquisita confección, o con el albornoz que él ya tiene el gusto de conocer? ¿Se encontrará de espaldas a la puerta, sentada frente al espejo, mientras se coloca un mechón sobre la frente y se complace con la visión de la brillante disposición de los pendientes, como lágrimas a punto de desprenderse de sus orejas? ¿O, por el contrario, la forma más complaciente de dar la bienvenida a cada uno de los visitantes, acicalados como para una recepción en el ayuntamiento, sea la de permanecer tumbada en un diván, cobijados los muslos bajo una otomana, mientras sostiene un libro abierto entre las manos?

Leopoldo no logra identificar el porqué de la molestia íntima que le brota cuando se aventura a imaginar cuanto pueda suceder en el interior del cuarto.

Pasan las horas y, a pesar de que se mantiene un ritmo constante de individuos entrando en los aposentos de la señora Luna, la afluencia en la sala de espera continúa siendo en apariencia la misma.

Leopoldo acepta entonces el cigarrillo que le ofrece el hombre que espera a su lado. Aprovecha para preguntarle:

—Oiga, ¿esto es siempre así?

—Muchas veces es incluso peor —responde el hombre con un halo de misterio.

—¿Peor en qué sentido?

—Hoy la señora Luna despacha con garbosa celeridad, que es lo habitual en ella —explica el hombre—. A veces se produce una afluencia masiva; incluso cuando las propuestas incluyen ser discutidas, acompañadas de alguna que otra llamada de rigor… en fin, que no es raro que la casa se encuentre llena de gente esperando, desperdigada en el pasillo, dentro de las habitaciones, incluso se ha llegado a ver expectación aquí abajo, en la calle.

Un nuevo individuo es requerido para pasar al cuarto de la señora Luna.

—Ya lo ve —le dice a Leopoldo mientras sigue con la mirada al recién ingresado—. ¿Y a qué hora tiene usted la cita?

—No tengo cita —responde Leopoldo, que nota en sus ojos lánguidos la condescendencia del hombre.

—Eso es un problema —asevera—, un verdadero problema.

Busca Leopoldo, moviendo el cuello, un lugar donde apagar el cigarrillo. En realidad, necesita un pretexto para levantarse y no seguir hablando. En su lugar, algo en su interior le pregunta qué hace aquí, y no sabe aún qué responderse; tal vez no necesite hacerlo. En una decisión última, despojada de mala intención, opta por apagar el cigarrillo en el tacón del zapato.

Apoyado en el marco de la puerta, suspira al pensar que en la calle ha caído al fin la noche.

Cuando está a punto de decidirse por abandonar la vivienda, se impone en el pasillo en penumbra un rumor; procede este del interior del camarín donde ella se aloja. Aunque se vuelve en dirección al intrigante despacho, la decisión ya está tomada y se despide del improvisado fámulo que dormita junto a la entrada.

—¿Nos deja? —la voz cavernosa apunta hacia alguna forma de displicencia que contrasta con los ojos abrumados por el sueño.

A continuación, la puerta del boudoir se abre. En esta ocasión es la cabeza de la señora Luna la que se asoma, adelantándose para sopesar la cantidad de visitantes que aún queda para concluir el cometido propuesto para ese día.

Al volver la cara hacia el final del pasillo, reconoce la silueta de Leopoldo en mitad de la penumbra. La sorpresa se traduce en una pregunta que le concede a Leopoldo una gratificante sacudida:

—¿Viniste?

Leopoldo se limita a responder con un breve encogimiento de hombros que le devuelve un desagradable sentimiento de insignificancia. A duras penas es capaz de apreciar dos cosas: la mano extendida con la que la señora Luna da paso al siguiente visitante y la complacencia con la que el schnauzer mueve el rabo al sentirse próximo a su dueña. En una situación así, no le queda otra cosa que mostrarse a sí mismo como un pasmarote mientras ella regresa, acompañada, al interior del cuarto. Antes de que la puerta se cierre, escucha cómo le dice:

—Me esperas, Leopoldo. No me olvides.

Cuando por fin sale al descansillo, se escucha a sí mismo, como un eco sin palabras, que aquellas no son más que frases hechas, de entre las muchas que a menudo se utilizan para lograr el desenvolvimiento feliz de cada día. Solo eso. De ahí que dude entre meterse en casa y esperarla, o introducirse en el ascensor y bajar hasta la calle.

No, decide no esperar. Se ve entonces a sí mismo huyendo de la fuerza que está ejerciendo sobre él la señora Luna. Más que la propia señora Luna, algo así como el centro de su ser, que lo absorbe sin remedio. No hay amor en su actitud, ese ridículo desvanecimiento que a veces se experimenta por una inevitable presencia. Tampoco hay deseo. Por el momento, solo precisa llegar hasta la calle, perderse bajo el arco inmenso de la noche, y recapacitar. Concluye que nada resulta más gratificante que ver el modo como se disuelven las sombras a esas horas, así como dejarse arrastrar por los viandantes sin oponer resistencia y no disponer, mientras se viva, de un rumbo que apunte hacia ningún lugar conocido.

La decisión del caballero Don Dionís

a Rodrigo

I

Está de más decir que por detrás del peto de la armadura metálica del caballero don Dionís late un verdadero corazón. No hay día en que este no se haga más viejo y, con el tiempo, más noble, contando con que esta nobleza de corazón fue el producto del dolor y la tribulación, lugares delicados y honestos en los que refugiarse, del mismo modo a como la umbría dota de generosidad vegetal a la recóndita y siempre agradable presencia de su adorado jardín. Al caer la tarde, cuando se alzan las plantas con un nuevo entusiasmo tras la tenacidad de los calores, y los aromas se derraman por entre la fronda como un bálsamo, a don Dionís le gustaba vagar entre los macizos de flores y bajo el dulce estipendio del dosel que ofrecían los acogedores árboles.

No estaría don Dionís asido a un mínimo hilo de esperanza si hubiera renunciado al sacrificio de vestir la armadura, siempre reluciente, presto para cualquier ocasión ofrecida por la fortuna para medirse con los endriagos de su terrible dolor: don Fernando, su primogénito amado, la última de las piedras de los muros enhiestos de su casa señorial, había huido sin dar explicación —qué actitud deshonrosa, cuánta vergüenza acumulada durante este tiempo para los suyos—, como lo haría un ladrón, un miserable. Aquel muchacho que don Dionís viera crecer entre sus brazos amorosos de buen padre, para transformarse luego en mozo gentil, dotado de una gallardía pocas veces vista, elocuente tanto en su proceder como en sus silencios, se había convertido en una sombra, más descorazonadora, por incomprensible, que la de la propia muerte. Cuántas veces soñaba don Dionís en que el fruto de su sangre hubiese caído en lance ardoroso contra la injusticia, abatido en nombre de la causa de su estirpe, del señorío que es todo el orbe, cuanto se conoce del mundo y las gentes que lo habitan. Y que después de penar en la tierra por la ausencia del vástago amado, llegase el ansiado momento de la eterna morada en la que ambos se gozasen de sus hazañas terrenas, coronados por los dones eternos que quisiese a bien otorgar la justicia divina.

Bien al contrario, el dolorido padre, como un trasunto del progenitor del hijo pródigo, esperaba cada tarde en lo sombrío del jardín la llegada de aquel que fuera su esperanza, espoleándose a sí mismo con tercas justificaciones: no fue su voluntad la que lo ha alejado de su casa, se decía; nunca se vio tal estúpido proceder en un joven de tan alta alcurnia, de modo que ni los hijos de los siervos actúan tan alocadamente, tan faltos de alma, de ahí, pues, que haya sido un espíritu inmundo el que lo ha seducido hasta hacerle perder todo rastro de cordura.

Los años pasaban y la piel de don Dionís se ajaba, lo mismo que su ánimo, aún esperanzado, con una ilusión triste, maltrecha, resistiendo contra el cíclico discurrir de las estaciones, con sus días repletos de silencio, indistinguibles. Aunque procuraba estar siempre dispuesto, atento a cualquier movimiento que tuviera lugar en el horizonte, no le era posible impedir a don Dionís que se le presentara en el crepúsculo la desazón en forma de dama bien ataviada y risueña. Sin mediar palabra con el noble anciano, procedía a brindarle una risa, primero sugerente y después incómoda, frunciendo al final la comisura de los labios, como impidiendo por deferencia que su burla resultase demasiado hiriente. A continuación, don Dionís elaboraba una corona de mirto y, con cierta solemnidad, se la colocaba a la dama ciñéndole las sienes.

II

A medida que el tiempo pasaba, le era más incómodo a don Dionís vestir la armadura. No dejaba de pensar en esta circunstancia y en buscar a continuación el modo de congraciarse con tal incomodidad: se lo debo a mi queridísimo Fernando, mis oraciones necesitan de este contrapunto en forma de sacrificio y de homenaje, decía. Sé que cada día que pasa los brazaletes se doblegan por la ineficacia de mis pobres brazos; la pancera y el peto han dejado de brillar como lo hicieran antaño mientras se cubren de intrigantes orines. Ya no dispongo del brío de otros tiempos, se lamentaba, aunque sabe Dios que emplearé el último resuello que aún me quede para encontrarme con él, o para que la pobre luz de mis ojos le ilumine a su regreso y todo se lo encuentre al fin dispuesto, contando con que el buen Dios no le haya llamado todavía a su celestial morada.

Los escasos caballeros que habitaban en derredor, más jóvenes y fornidos, intrigaban a sus espaldas, sabedores además de que no se le habían presentado demasiadas ocasiones de entrar en batalla en sus años juveniles. ¿A qué venía ahora esta indómita disposición, tanta insobornable tenacidad un tanto a destiempo, que no pasa un solo día sin que el vetusto caballero salga al camino de tal modo ataviado?, se preguntaban con harta malicia. Para, a continuación, concluir, no obstante, como si lo anterior hubiese sido de repente olvidado por un corazón inconstante: ¡Cuánto ha de querer a su hijo!

—Vea Nuestro Señor Jesucristo con ojos agradables hacer la promesa como fieles vasallos del caballero don Dionís, de la casa de Bonarella, para el bien de su estirpe y de cuanta necesidad tenga su señoría en lo relativo a la defensa de lo suyo y generoso consejo de su persona —se ofrecieron todos los caballeros del lugar, sin excepción, en vista del lamentable aspecto que diera el anciano señor, recogido en el apartado jardín, y a la espera, siempre atenta, de cuanto aconteciese en relación a los desconocidos que apareciesen por el lugar.

Don Dionís agradeció la buena disposición de los que llegaron a su casa a prestarle el debido homenaje. Además de agasajarles, se excusó argumentando que el asunto de su hijo le concernía solo a él, sin encontrar necesidad alguna que le llevase a considerar la posibilidad de entrar en batalla puesto que no había contra quien luchar y, con ello, de admitir la necesidad de una hueste. Ante tal determinación, vieron los caballeros la oportunidad de derramar nuevas maledicencias en contra de don Dionís, a quien tildaron de ingrato, debido a su orgullo, y de poseído por el diablo, debido a su inusual vehemencia. Sin necesidad alguna de justificarse, don Dionís explicó como mejor supo su, en apariencia, estrafalaria actitud: de entre las tres tareas que competen a todo hombre, la milicia, la oración y la labranza, justo parecía por su condición adecuarse a las dos primeras; después de considerar seriamente la posibilidad de vestir los hábitos y servir a Dios con el ánimo bien dispuesto tras el penoso acontecimiento, decidió por fin recordarse a sí mismo que la vida es lucha permanente, sin dar tregua a cada uno de los instantes que la completan, y que, aun no contando con la segura victoria final, no está de más tener presente que uno vence con estar dispuesto a entablar batalla, a morir en cada intento, y solo así pudiera ser derrotado aquello que nos derrotó primero.

Todos concluyeron lo fundamentado de la explicación, al tiempo que constataron el honorable final de la estirpe de los Bonarella que representaba don Dionís. No dejaron por ello de conmoverse al comprobar cómo el viejo caballero iba perdiendo la gentileza de su figura a medida que los días agravaban el peso de la loriga sobre su cuerpo.

III

Cierto día apareció por el horizonte la silueta deslavazada de un caminante. A medida que se acercaba, don Dionís acertó a observar que apoyaba sobre uno de sus hombros algún artilugio de difícil identificación debido a la distancia. Lo tomó en un principio como el humilde escudero de un caballero de notable alcurnia que iba a depositar la lanza y el escudo en la casa de su señor. Sin embargo, cuando lo tenía ya a unos pocos pasos, los ojos cansados de don Dionís comprobaron que se trataba de uno de sus siervos, cargando con los aperos propios de su oficio. El hombre no se asustó de ver a su señor de aquella guisa, siempre expectante y con su melancólica presencia albergada en el interior de la armadura, esperándole en mitad del camino. Ante don Dionís, el siervo hizo una amplia reverencia doblándose por la cintura y sin pronunciar una sola palabra.

—Te reconozco como uno de mis siervos —dijo don Dionís.

—Así es, mi señor —dijo el siervo sin levantar los ojos del suelo.

Don Dionís quedó pensativo mirando a aquella figura encorvada y polvorienta.

—¿Qué es lo que se dice de mí, buen hombre? —preguntó don Dionís.

Después de permanecer un instante en silencio, sin saber qué responder, pues nunca su señor se había dirigido a él, por fin se atrevió a hablar.

—¿Qué quiere que se diga, mi señor?

—No lo sé, tú dirás.

—Se dice que vive lleno de tristeza desde la desaparición de su hijo —respondió.

—En eso no le falta razón a quien así piensa —aseveró don Dionís. Después de cavilar por un instante, mientras parecía dejarse vencer por una pena infinita, añadió—: El sufrimiento le es dado a los hombres para medirse a sí mismos con el tiempo.

Volvió a mostrarse meditabundo, sabedor de que no hablaba para el hombre que tenía delante, sino para sí. No queriendo prolongar la molestia que suponía para un siervo permanecer en silencio en la presencia de su señor, lo despidió con sus mejores deseos.

—Márchate, buen hombre. A buen seguro te estarán esperando en torno al hogar.

El humilde servidor reanudó la marcha sin darle la espalda a don Dionís, como rodeándole, y manteniendo los ojos humillados, en dirección al polvo del camino.

Allá abajo, sobre el valle, la sombra de una nívea nube recorría con presteza, casi acariciadora, la arracimada presencia de los mansos y la verdura aquietada de los bosques señoriales. Ante estos juegos de la naturaleza, don Dionís descubría con mayor hondura si cabe la aridez monolítica de su alma, así como el juego jactancioso que tenía el tiempo de señalarle su impotencia. ¿Sería esa nube capaz de asegurarle la existencia del transcurso real del tiempo, cuando el silencio de su corazón lo adentraba por el tortuoso camino de un tiempo distinto, aquel en el que durante siglos habían vivido las gentes paganas, como una circular serie de acontecimientos sin principio ni fin? Esto último no podía ser, era solo la confusión procurada por la ignorancia de otros pueblos, espejismo del demonio que le roía por dentro. El silencio de la naturaleza no le hacía reflexionar, sino que le conmovía y le presentaba su faceta más amarga. Al momento, sin embargo, se consolaba sabiendo a ciencia cierta que este continuo volver, como en un círculo interminable, habría de apuntar necesariamente a un objeto definitivo. Por eso se apostaba cada día en el jardín y miraba más allá del recodo del camino, sabedor de que esta falta de esperanza no habría de ser para siempre, aunque desembocara en su propio final y ya no tuviera ojos con los que atestiguar el regreso de don Fernando, en la forma y el modo en que quisiera presentarse.

El recorrido de la sombra a través de los prados, ocultando súbitamente la luz del sol allí por donde la nube pasaba, le mostró una tímida forma de esperanza que le era imposible explicar.

IV

Una de esas tardes en las que el sol comenzaba a ocultarse por el horizonte, sin más oficio que gastar la mirada en la lejanía y comprobar un día más que el hijo no regresaba, don Dionís escuchó un chasquido a su espalda, seguido de un rumor entre la hierba. Después del sobresalto inicial, una vez comprobado que no había nadie, y que el ruido debía haberse producido por el paso desorientado de alguna alimaña, el noble caballero fue a sentarse en un sillar de granito acosado por la vegetación. Se oyó el golpe metálico de la armadura sobre la piedra y el profundo suspiro lanzado por don Dionís: otro día más en que Dios Nuestro Señor no quiere enviarme una respuesta, admitió.

Así era. Sin embargo, el tenaz caballero se complacía al final, pues no encontraba razón mayor a su existir que hacer la voluntad de Dios. Enseguida se levantó y dirigió sus desgarbados pasos hacia la fortaleza señorial, que lucía su estilizado perfil sobre un ligero altozano desde el cual dominaba la soledad del valle.

Al pasar junto al pozo que se abría en el centro del jardín, le pareció escuchar un susurro que al principio atribuyó a su propia conciencia:

—*Habéis de partir.*

Parándose en seco, don Dionís volvió la cara hacia la abertura negra erguida sobre la hierba. No fueron entonces sus labios los que se atrevieron a preguntar, sino su conciencia. La nitidez de lo escuchado no dejaba lugar a dudas de que se trataba de una emisión dotada de juicio, y enseguida lo atribuyó a maleficio ocasionado por los muchos demonios cuya única misión es confundir la razón de los hombres. De ahí que don Dionís procediese a persignarse con devoción y a no dar pábulo a lo que consideró como perverso espejismo.

Pero cuando se encontraba a punto de salir del jardín ya oscuro por la falta de la luz del crepúsculo, de nuevo la voz salió del brocal para repetir la misma sentencia, esta vez con la apariencia de una autoridad mayor y refiriéndose al caballero por su nombre.

—¿Qué queréis de mí, espíritus inmundos? —preguntó el caballero.

La voz en ese momento pareció dividirse en varias voces que hablaban al unísono, como formando un enigmático coro.

—*Es necesario que partáis en busca de vuestro hijo* —dijeron.

—¿Puedo saber adónde? —se atrevió a preguntar don Dionís.

—*No podéis saberlo por ahora* —le dijeron—. *Contáis con la enorme fortuna de hacer valer vuestra condición de caballero en el momento en el que os fallen las fuerzas. Tanto lo esperabais, que por fin os ha llegado el momento.*

A punto estuvo don Dionís de perder el equilibrio. O no se atrevió, o una fuerza desconocida le impidió formular más preguntas. Estas se apelotonaban en su conciencia, y enseguida le parecieron improcedentes, de modo que se vio paralizado, incapaz de aceptar la enorme fortuna que le había tocado en suerte. Todo su empeño, el esfuerzo mantenido en el transcurso de los días se vio recompensado por la formulación de aquel singular oráculo. Partir, se decía. Sí, pero en qué dirección, cuál habría de ser su destino. Aquella noche no pudo dormir, se la pasó rezando frente a un humilde crucifijo de madera de cerezo. Las plegarias salían de sus labios con el mismo ardor que desprendían sus sienes, sin dejar de pensar por un instante a qué destino habría de enfrentarse, y si sus cansados huesos lo soportarían.

La voz, o las voces, se repitieron en alguna que otra ocasión más y, de nuevo, lo hicieron enmudecer. Lejos de acobardarlo, consiguieron que don Dionís se llenara de entusiasmo por un tiempo, contrarrestando así su acostumbrado abatimiento. Sin embargo, ¿cómo era posible que, llegado aquel momento, durante largo tiempo esperado, volviese a dejarse tentar por la desidia, como si otra voz, esta vez la suya, le instigase a desistir?

Hubo días en los que no bajó al jardín, y no fue por olvido, sino a causa de la lucha que libraba en su interior: ¿qué hacer? ¿cómo hacerlo? ¿a qué se debía este empeño que parecía cosa del mismo diablo y, al mismo tiempo, cómo no reparar que en el fondo de su más íntimo anhelo ardía la imagen del vástago, tal vez necesitado de su auxilio, siendo su voz la que se había deslizado misteriosamente hasta el brocal de ladrillo del pozo? Se espantó de su quietud enfermiza, de verse así, dubitativo y temeroso en el momento más codiciado, cuando había recibido una señal inequívoca, mucho más elocuente de lo que se esperaba.

Después de intensas jornadas de enfebrecida lucha interior, volvió a recordar las últimas palabras del oráculo: él era un caballero, un caballero que se acercaba a la ancianidad, eso era cierto, pero un caballero al fin y al cabo. Esta era su condición y su única razón de ser. Don Fernando merecía que él emprendiese cuanto antes la aventura que habría de llevarle a su encuentro.

V

Desconocedor por completo de la naturaleza de su empresa, no así del venerable motivo que la sostenía, el caballero don Dionís partió al amanecer montado en su alazán, siguiendo el camino que tantas veces fue la razón de su maltrecha esperanza. Se dirigía hacia ese horizonte añorado y que ahora pasaría a desentrañar, armado tan solo con su espada y protegido por su inseparable armadura.

Atrás quedaba la fortaleza sobre el altozano, su silueta gallarda recortándose sobre el cielo limpio de la mañana, el oscuro jardín con su verde fronda y, la ya de por sí, afligida servidumbre. Dejó dicho que no sabía cuándo tendría lugar su regreso, incluso se aventuró a pensar que ya no volvería jamás, pero esto último no salió de sus labios, por no desasosegar aún más a cuantos le apreciaban como su señor.

Transcurrieron largas jornadas de un vago deambular por páramos resecos, así como por valles pródigos en verduras y todo tipo de frutas rozagantes. El caballero sufrió una inmensa fatiga, paralizadora casi, mientras atravesaba arduas montañas y poderosas escorrentías. Halló tanto la generosidad de las gentes del común como su hosco carácter cuando lo veían aparecer en la distancia, produciéndole a veces sobresalto y otras veces, piedad y admiración.

En cierta ocasión, halló acomodo a sus magullados huesos en los cobertizos de un austero convento. Los monjes legos le dieron un cálido trato, proporcionándole, en la medida de sus posibilidades, cuanto el caballero don Dionís necesitaba, si bien lo único que de verdad precisaba era descanso y llevarse algo caliente al estómago. Allí tuvo oportunidad de explicar su viaje, así como de tratar con el abad sobre la posible naturaleza demoníaca de las voces a las que había otorgado su consentimiento. Al abad no le cupo duda, cuando menos, de lo extraño del asunto, y se admiró de que, a su edad, don Dionís se hubiese inclinado a dejar el señorío por una aventura de resultado tan peligroso como incierto. Don Dionís atajó al abad al hacerle ver que su condición de caballero le exigía tal riesgo, ocultándole con astucia hasta qué punto le había llevado la lucha consigo mismo hasta el desasosiego de su alma, antes de decidirse a salir de su casa, así como de su recóndito jardín.

A la mañana siguiente, tras la oración de maitines, los monjes despidieron a nuestro caballero, ofreciéndole algunas viandas para el camino y deseándole para su empresa la mayor de las venturas. Vieron cómo se alejaba, camino adelante, cual figura de cera derritiéndose en la distancia bajo los efectos del calor estival.

VI

Tras mucho deambular por caminos solitarios, sin más orientación que la que ofrecía el rumbo del cielo en pos de alguna señal inequívoca, el cansado caballero don Dionís se adentró en un bosque surgido de la nada en mitad de la planicie. Dentro de la tupida catedral arbórea, la luz casi había desaparecido. Por entre las ramas plenas de hojas de todas las formas y tamaños, aparecían y desaparecían breves jirones de cielo azul. El sendero tornose más estrecho, pleno de helechos y altas hierbas que rozaban las patas del alazán de don Dionís; después de innumerables vueltas y revueltas, subidas y bajadas, nuestro caballero había perdido toda referencia que le indicase hacia dónde se encaminaba. Decidió apearse a la orilla de un río de claras y sonoras aguas.

Mientras se miraba en la corriente como si fuera un espejo, nuestro caballero vio aparecer una cara por encima de su hombro. Dio un respingo, se volvió hacia atrás y comprobó con horror que se trataba de una anciana de aspecto famélico, con ausencia de mejillas y la mandíbula realzada, como si careciese por completo de dentadura. Sus ojos hundidos en un rostro cadavérico le miraban torvamente. Sintió don Dionís que el sudor se le enfriaba dentro de la armadura.

Sin saber dónde se albergaba la decisión para hacerlo, el caballero se atrevió a formular la pregunta que durante largo tiempo ardía en sus labios:

—¿Dónde está don Fernando, mi hijo?

La anciana continuó mirándole con los ojos fríos, como recriminándole por haber roto el eterno silencio del bosque. A continuación, la mujer extendió el brazo indicando en la dirección del sendero por el que don Dionís había llegado hasta aquel paraje.

Montó en la cabalgadura para seguir por donde le había señalado la anciana. Al mirar atrás, esta ya había desaparecido.

No transcurrió demasiado tiempo, cuando se halló en mitad de un amplio claro del bosque. Se trataba de una inmensa pradera, un lugar extraño y desolado, cubierto tan solo por una hierba alta que le llegaba a don Dionís a la altura de las grebas. De vez en cuando se escuchaban graznidos a lo lejos, cuyo eco se prolongaba y se perdía en la espesura. Por primera vez don Dionís echó mano a la espada. La notó fría, refulgente como el hielo. Entendió entonces que no había necesitado utilizarla en toda su vida, que sus días habían transcurrido de un modo demasiado apacible y que no se encontraba del todo dispuesto a manejar el acero, concebido para el arrojo de unos brazos jóvenes. Pensó entonces en el primogénito, don Fernando, y no pudo evitar sumirse en una honda tristeza.

Encontró el valor que necesitaba al cubrirse la cabeza con el yelmo. A continuación, cerró los ojos y juró defender la casa de Bonarella con todas las fuerzas que la voluntad de Dios le concediera. En mitad del peto lucía un león rampante, emblema de su estirpe, adornado con corona sencilla de cuatro puntas, y en la parte alta del yelmo vibraba, alto y distinguido, un penacho de plumas blancas a modo de cola de caballo.

Enseguida los graznidos se hicieron más intensos y frecuentes. Dentro del yelmo, la respiración de don Dionís se agitaba. Montado en su alazán, buscó ponerse a salvo en la espesura. Debajo de uno de los árboles, comprobó que algo se movía cruzando el cielo. A aquel extraño ser volador le siguió una multitud de seres semejantes, una suerte de grifos con el cuerpo cubierto de plumas de un color cobrizo. Los graznidos que emitían se volvieron por momentos insoportables y, después de lanzarlos, se dejaban caer sobre el lugar en el que se hallaba don Dionís. La espada le temblaba en el puño; aun así, logró blandirla con cierta eficacia. Los primeros mandobles los hizo al aire, pero enseguida aprendió a calcular las distancias, comprobando con satisfacción que aquellos monstruos malolientes eran tan intimidantes como fáciles de abatir.

Sin moverse del sitio, don Dionís se comportaba como un imán para las criaturas, las cuales, ante su presencia, actuaban como descontroladas, perdiendo la estabilidad en el vuelo. Fue entonces cuando, alzando la espada, y sin aparente esfuerzo, consiguió atravesar aquellos cuerpos pestilentes, de los cuales brotaba una sangre viscosa y de olor acre que se le escurría, repulsiva, por el antebrazo. Solo en un par de ocasiones los picos de sendas criaturas le golpearon el yelmo hasta conseguir derribarlo. Al margen de esta casi insignificante contrariedad, don Dionís comprobó con estupefacción la facilidad con que podía acabar con aquellos monstruos emplumados.

Así permaneció durante horas, incluso días, al abrigo del mismo árbol, que le amparaba con su abigarrada copa. Las embestidas lanzadas por los grifos se fueron espaciando, de modo que aquellos animales sin aparente raciocinio parecían percatarse de que eran incapaces de acabar con el intruso. Este, por su parte, alcanzó un día el límite de sus fuerzas y, por más que lo intentó, fue incapaz de impedir que su cuerpo cayese a tierra. Antes de perder del todo la conciencia, le dio aún tiempo de considerar la posibilidad de que los grifos pudieran devorarlo. Mientras su aminorado ánimo se debatía en estas consideraciones, fue cerrando paulatinamente los ojos con el convencimiento de que hasta allí había llegado su aventura.

VII

Un dulce rayo de luz se introdujo hasta iluminar por completo el interior del yelmo. Pudo don Dionís abrir los ojos, reconocerse en su precariedad, postrado boca abajo sobre el cieno, cubierto de barro endurecido y de sangre viscosa y maloliente, ya reseca. Se hallaba derribado entre una multitud de cuerpos exánimes e irreconocibles, extrañamente vencedor de una justa desigual por el número de sus enemigos. Estos mostraban en el interior de sus ojos ambarinos unas pupilas quietas y punzantes como puntas de alfileres, airadas aún, pero sin vida, como el recuerdo no lejano de una batalla fulminante. Tanto las garras como los picos se exhibían con la dureza de las piedras, inutilizados para siempre sobre el lodo.

Le fue muy penoso a don Dionís hacerse una idea clemente y calibrada sobre aquel desastre sin parangón. Se levantó como pudo, sin dejar de pensar en la suerte que habría corrido su alazán. Al quitarse el yelmo y llamarlo a voces, provocó una loca estampida de aves, y no pudo distinguir si estaba despierto o, por el contrario, continuaba sumido en un sueño desasosegante.

Largo es relatar lo vivido por nuestro caballero en los días que siguieron. Además de las numerosas hazañas, que no entrarían por su cantidad en estas pocas páginas, harto difícil se presenta para el narrador hacer de las mismas un relato verosímil, de tan fantásticas y asombrosas como fueron. De todas y cada una, don Dionís salió sin daño alguno, como protegido por una presencia sobrenatural que en ningún momento le abandonó.

Sin ir más lejos, nuestro hombre sobrevivió al desierto sin quitarse la armadura; luchó con animales tan feroces y extraordinarios como lo fueron los grifos, con las fisonomías más asombrosas y fantásticas; se vio obligado, como el legendario Simbad, a introducirse en el interior de la tierra, movido por fuerzas irresistibles contra las que le fue imposible oponerse; vadeó ríos de aguas agitadas y atravesó montañas como imbatibles bastiones… Aunque nada de lo anterior superó en crueldad a la parálisis que le provocaran unas extrañas tierras movedizas, todo un mullido lodazal que dio muestras de hallarse dotado de voluntad para atrapar y hundir en su seno a todo ser vivo que pusiese un pie en su superficie. Esta última batalla le llevó a don Dionís a verse cara a cara con su propia muerte, pues llegado el momento en el que desistió, por falta de fuerzas, de seguir resistiendo al incontenible hundimiento en el barro, asiéndolo con una fuerza irresistible hacia dentro, cerró los ojos un instante hasta notar a continuación un impulso atravesado de aire, como una débil brisa que lo depositó, sin daño alguno, fuera de aquella infernal podredumbre.

Para quienes se hayan interesado por la suerte del caballo de don Dionís, hay que decir que el rescate de las tierras movedizas se logró estando nuestro caballero montado sobre el alazán, al que había encontrado, pastando feliz en el recodo de un camino, poco después de la aventura con los grifos.

Todo fue así mientras duró la hazaña del caballero don Dionís: encuentros fortuitos, contrariedades que pusieron a caballo y caballero al borde de la muerte, e insospechadas intervenciones que los devolvían incólumes en busca de su destino. Aunque pueda este ser un ardid no siempre aceptado por el lector minucioso, se hace necesario hacer constar que fueron apariciones angélicas las que les permitieron reponer las fuerzas perdidas a causa de las numerosas correrías en las que se vieron envueltos.

Y no de otro modo fue el anuncio que don Dionís recibió del reino del olvido.

VIII

Al final de una de aquellas interminables aventuras, estando recostado plácidamente sobre la hierba fresca de una suave pendiente, don Dionís recibió la visita de una dama de piel casi transparente, dotada de unos ojos dulces y bondadosos. Se acercó al caballero con pasos breves y amortiguados: tan solo se escuchaba el leve rumor de la túnica al caminar. Su larga sombra se proyectó sobre la armadura brillante reposando sobre el prado. Don Dionís despertó súbitamente. Por momentos se cegaba con la luz del sol al contemplar la aparición desde abajo.

—Tengo algo importante que comunicaros —le anunció la dama al caballero don Dionís.

Por un momento creyó que seguía soñando. Repuesto del susto inicial, tuvo a bien considerar que aquella dama pudiera ser idéntica a la que un día apareciera en su jardín, coronada de mirto, la imagen misma de su propia pesadumbre.

—Vos diréis.

—Habéis llegado al final de vuestro camino —le anunció la misteriosa dama.

En realidad, a don Dionís le cupo la duda de si el diálogo había tenido lugar con los labios o con el solo pensamiento: tal era la fantástica naturaleza de todo cuanto le estaba tocando vivir desde que saliera de su señorío.

¿Significaría el anuncio hecho por la mujer que terminaba aquí su denodada empresa? A continuación, recordó con dolor que su desventura se reducía a una sola, de modo que las pruebas acometidas desde que saliera de su noble hacienda no tenían más razón que don Fernando, el primogénito.

—Con la primera luz de la mañana, el sendero os conducirá al pie de una encopetada encina —explicó la dama—. Ahí mismo se os bifurcará el camino. Vos mismo habréis de solucionar el dilema y determinar cuál de las dos veredas será la más pertinente para llegar al reino del olvido.

Aquello último resonó en los oídos del caballero como si se tratase de una celada, o de una condenación. Los ojos de la señora, rebosantes de bondad afligida, se percataron de la contrariedad que sus palabras suscitaron en el ánimo de aquel que aún estaba recostado a sus pies.

—No os preocupéis, caballero, adonde vuestras fuerzas os envían habréis de hallar la respuesta definitiva a tanta aflicción como estáis sufriendo.

Con algún recelo, pero rebosante de determinación, don Dionís montó en su cabalgadura y levantó el brazo en señal de despedida. La misteriosa mujer permaneció erguida, en la misma hierática postura, mientras perdía de vista al anciano caballero.

Llegado al árbol que la dama le anunció, comprobó en efecto cómo el sendero se desdoblaba. Tiró de las riendas del alazán y se mantuvo inmóvil mientras conjeturaba acerca del dilema que se le presentaba delante de los ojos. A un lado y a otro, el sendero aparecía sin diferencias aparentes: la misma vegetación en sus orillas, así como el irregular trazado dibujándose hasta perderse en la lejanía entre ascensos y vaguadas. Se sintió hasta cierto punto confundido, no hallando más que pequeñas diferencias sin importancia entre ambos caminos.

Justo en el momento en el que se decidió por el que parecía más pedregoso, comenzó a notar un intenso aroma de retama. Lo tomó por una señal. Recordó lo que dijo la dama acerca de que se trataba del reino del olvido. ¿Qué clase de lugar habría de ser ese? ¿Cómo sería su rey? ¿En sus dominios prevalecería la justicia o la iniquidad?

Recorridas diez leguas de camino sin nada digno de ser mencionado, don Dionís desembocó en una villa de casas arracimadas en torno a una amplia plaza con iglesia. Era la primera vez, desde que saliera de su casa, que don Dionís se encontraba con un lugar civilizado, aunque escaso de gentes. Los labriegos y menestrales recorrían las calles tortuosas en dirección a sus respectivos oficios, y miraban con prudente curiosidad la llegada del intruso.

Lo más sorprendente era el silencio reinante, la penumbra adosada como una piel cérea a su decrépito esqueleto, aun cuando no se había precipitado todavía la hora del crepúsculo. Detalles estos que no le pasaron por alto a don Dionís. Sospechaba que cuanto se le mostraba a la vista no parecía ser lo que aparentaba, y eso le producía un hondo desasosiego. ¿A este espejismo se reducía el extraño reino del olvido?

Ninguna pericia hubo de poner en práctica don Dionís en aquella ocasión, ningún alarde de experimentado caballero frente a fuerzas de naturaleza desconocida. Todo consistió en dejar pasar el tiempo, noción esta que le desconcertaba, a la vez que le resultaba familiar. No logró tampoco que nadie le diera noticia cabal del joven que andaba buscando: deseó que se hallara en la corte, o formando parte de la hueste de algún poderoso señor; hasta le llegaron algunos rumores según los cuales se había dejado ver como un eremita viviendo al margen del mundo, según la descripción que don Dionís ofrecía por doquier de su propio vástago. Otros, no escatimaron detalles a la hora de reconocerlo como integrante de una oscura cuadrilla de facinerosos. Comoquiera que fuese, le avisaron de que el reino contaba con mil recovecos dentro de una extensión de dimensiones fabulosas.

Concluyó entonces que no sería posible encontrar a don Fernando, salvo que el cielo obrase un milagro.

En efecto, las noticias no llegarían.

Tampoco se produjo el tan deseado, como improbable, encuentro en alguna revuelta de cualquier camino. Recapituló don Dionís para deducir el vano sentido que había cobrado su esfuerzo, así como la inutilidad de las indicaciones ofrecidas por la misteriosa mujer. ¿Acaso sus excelentes maneras ocultaban una crueldad tan grande como su inigualable dulzura?

IX

Existen historias —que se tienen por apócrifas— que dan fe del encuentro final que tuvo lugar entre don Fernando y don Dionís. Puede que no sean otra cosa que leyendas interesadas, meras elucubraciones en las que se pone de manifiesto el profundo discurrir del alma humana, siempre a la búsqueda de un mínimo rayo de luz, como si lo propio del sentir de los hombres se hallase en buscar alguna expectativa procurada por una añorada avenencia.

Una de esas historias remite a que padre e hijo se reconocieron de inmediato pese al tiempo transcurrido. En los ojos del primogénito extraviado vio don Dionís la misma ausencia de vida que en los ojos de quienes tuvo la oportunidad de frecuentar en aquel recóndito reino. Vio en ellos el tiempo anulado: sin un ayer reconocible y sin pretensiones de un mañana por venir. Por ello, don Fernando parecía atrapado en la fantasmagoría del presente, arrojado al interior de algo parecido a una celda sin previsión alguna de escapatoria. De ahí la tenebrosidad de aquellas infaustas tierras: el tiempo no salía de sí, como un círculo inhóspito, maldito, como uno de aquellos terribles monstruos contra los que don Dionís tuvo que blandir su espada, maléficos y recurrentes.

La historia concluye con la vuelta de don Dionís a su casa, orgullo de su estirpe, con los miembros más viejos y cansados, y el corazón entristecido dentro de su adelgazado pecho. No dudaría en plegarse cada día a la voluntad de Dios Nuestro Señor, así como en permanecer vigilante a cuantas novedades pudiesen llegar algún día hasta su umbroso jardín; allí se mantendría apartado como un asceta, bajo la feliz y aromatizada fronda, llena de matices al caer la tarde.

Eso dice una de las innumerables historias que proliferaron sobre el caballero don Dionís, y nosotros atestiguamos cuanto de ella nos fue dado escuchar.

Los ausentes se preparó para su
publicación durante el mes de abril
de 2025 en el estudio de Pandiella y Ocio
(Oviedo, España) y se compuso con
la tipografía Minion Pro (Adobe) excepto
Playfair Display (Google) en el título
de la cubierta y portada.